JEROME CHARYN
LOUSTAL

Une romance

Traduction de l'américain par
Cécile Bloc-Rodot

Postface de
Myriam Anissimov

ÉDITIONS MILLE ET UNE NUITS

CHARYN/LOUSTAL
n° 216

Texte intégral

ISBN : 2-84205-364-8

Sommaire

Jerome Charyn
Une romance
illustré par Loustal
page 5

Myriam Anissimov
Quand Jerome Charyn passe
“de l’autre côté du miroir”
page 135

Repères biographiques
page 140

Repères bibliographiques
page 142

CHARYN
LOUSTAL

Une romance

Une romance

Il sortait de Duck Soup, son *New York Times* à la main. Il traversa Sunset Boulevard pour aller déjeuner d'un burger au tofu arrosé d'un jus de carotte à *La Source*. Il fit un crochet par le parking où était garée sa petite Dodge. Bien que le magazine *Forbes* l'eût récemment placé au quatre-vingt-dix-septième rang des hommes les plus riches d'Amérique, il conservait la même petite Dart en leasing, la voiture la moins chère qu'il avait pu trouver. Cette prolifération de millions en droits de diffusion de *Lamplighter*[1], son feuilleton à succès, n'avait de toute évidence rien changé à ses habitudes. Il résidait toujours près de Muscle Beach, continuait à acheter ses livres chez Vagabond ou Duck Soup et à lire son *Times* devant un burger au tofu. Mais il lui fallait d'abord passer à sa voiture chercher un mouchoir et des pièces de vingt-cinq *cents* dont il gardait un rouleau dans sa boîte à gants. On approchait de midi. Sa Dart grillait au soleil. Sa secrétaire lui avait apparemment envoyé un fax pendant qu'il était à Duck Soup. Pas la peine

1. L'Éclaireur (N.d.T.).

de le lire. C'était sans doute la confirmation de son rendez-vous de seize heures avec une équipe de producteurs italiens. Le papier de fax formait un tas de rouleaux obscène sur le plancher de la Dart ; non, ce ne pouvait pas être une simple note de Natalie. Elle lui avait faxé un document, quelque chose à signer. Qu'importe, il n'allait pas gâcher son déjeuner.

Pendant qu'il fouillait dans la boîte à gants, un homme avait dû se glisser en douce derrière lui. C'était absurde. Une agression sur Sunset en plein midi ? Ça le mettait presque en rogne. Il voulait son burger au tofu. Mais il n'opposa pas de résistance. Il ne put voir le visage du type. Était-il masqué ? Était-ce un Chicano, un Noir ou un gosse avec un svastika gravé sur le crâne ? Pas une parole ne fut échangée. Jocko sentit un doigt de métal se glisser jusqu'à son front. Puis sa figure entière explosa. Et il allait crier : « Natalie, je ne pourrai pas être à ce foutu rendez-vous de quatre heures. » Alors même que ses yeux pissaient le sang, il gardait toute sa tête. J'ai trente-quatre ans et je ne devrais pas crever sur un parking. Puis Jocko s'apaisa complètement. Mourir, pensa-t-il, c'était comme apprendre à nager…

Il se réveilla brutalement, brillamment, au pied d'une grande auréole de lumière concentrée sur une croix en argent. Tant mieux, pensa-t-il, maintenant je n'aurai pas à voir les producteurs italiens. Il reconnaissait ce putain d'endroit : Hôpital Misericordia, au nord de Hollywood High. Un de ses cameramen, Sam Pick, était mort d'un mélanome sous une croix comme ça.

Jocko eut brusquement faim. Une énorme infirmière ou sœur de la Charité voleta le long de son lit. Elle avait des mollets musclés, portait des mules avec des bas blancs et un bonnet d'uniforme blanc.

« Ma sœur, dit-il, je voudrais une omelette au fromage avec un *bagel* toasté et un jus de pamplemousse. »

L'infirmière s'arrêta net et fixa Jocko, interloquée.

« Nous n'avons pas de *bagels*.

– Alors du pain complet.

– Taisez-vous. Vous avez dormi comme un bébé pendant six mois. J'ai dû changer vos couches, vous vous rendez compte ? Et la première chose que vous faites en ouvrant les yeux, c'est de demander à manger. Ni un bonjour ni un merci. Pas même un qui êtes-vous ou qu'est-ce que je fais ici ?

– Je ne comprends pas. J'étais dans un parking.

– M. Robinson, dit-elle, on vous a assassiné, mais vous n'êtes pas resté mort. Maintenant rendormez-vous. Et si vous êtes sage, peut-être que je vous amènerai un *bagel* dans six mois. »

C'était dingue. Il sortait du coma et personne n'avait encore frappé à sa porte pour discuter de ses finances ou de *Lamplighter*. Pendant qu'on nourrissait Jocko de boue vitaminée pompée dans son estomac, la série était entrée dans sa septième année d'exploitation aux États-Unis et les chaînes mondiales continuaient à s'en arracher les anciens épisodes. Jocko était encore un peu faible pour avoir de longues conversations téléphoniques et l'hôpital refusa de lui donner une ligne de fax personnelle. Je suis pauvre, marmonna-t-il. Je suis sur la paille. Ce qui n'était pas vrai. Pendant ses six mois de sommeil, sa fortune avait crû et multiplié. Il était monté en soixante-dix-huitième position au hit-parade des hommes les plus riches d'Amérique. Son banquier, Elliot Weinrib, avait veillé sur ses biens comme un faucon, mais cela n'empêchait pas Jocko d'avoir un gros cafard. Si *Lamplighter* pouvait accroître son audimat sans lui – c'était la série de télé la plus rentable au monde –, à quoi bon rester en vie ? Il avait créé *Lamplighter* ; il l'avait soigné de son anémie initiale, en avait supervisé chaque épisode, et le feuilleton fonçait maintenant comme un bolide, mettant hors course tous les autres programmes de sa plage horaire. *Lamplighter* était le roi du vendredi soir.

Jocko était de plus en plus déprimé. Il appela sa boîte de production, demanda Natalie, mais celle-ci était partie. Qui avait bien pu la virer ? Il avait une nouvelle secrétaire, Florence Trout, qui tenait un registre détaillé des fax et coups de fil qu'il recevait. Sa voix ne plut pas à Jocko. Un peu trop criarde. Il brûlait du désir de la renvoyer mais n'osa pas. Il devait se fier à quelqu'un qu'il n'avait même pas rencontré.

Son infirmière le rasait tous les matins et lui ramenait des *bagels* frais de Farmers Market. Elle refusait ses pourboires.

« On n'est pas au Jockey Club, ici, Mr. Robinson. Je vous apporte des *bagels* parce que ça me fait plaisir. Vous faites pitié dans votre blouse d'hôpital. Faut bien que je vous engraisse. »

Il mangeait neuf ou dix *bagels* par jour, mais rien n'arrivait à le faire grossir. Le plus souvent, il dormait entre les repas. Puis, un jour qu'il s'éveillait d'un rêve très érotique où il faisait l'amour avec Florence Trout, la secrétaire dont il détestait la voix (elle avait un rossignol tatoué sur un sein), il reconnut les énormes oreilles en feuilles de chou d'Elliot Weinrib. Son banquier était assis au chevet de son lit ; c'était la première visite que l'hôpital autorisait et Jocko n'avait même pas été prévenu.

« Elliot, est-ce qu'ils ont coincé l'ordure qui m'a tué ?

– J'ai parlé à la police. C'était probablement un drogué qui sortait de son trou. Tu t'en tires bien, Jocko. Réjouis-toi d'être en vie. La balle s'est logée à un cheveu de ton cerveau. Tu as échappé au néant à deux millimètres près.

– Elliot, le marché a crevé le plafond ou quoi ? Comment se fait-il que je sois devenu aussi riche du fond de mon lit ?

– Arrête de t'apitoyer sur ton sort. Tu as toujours été plein aux as, est-ce que tu l'aurais oublié ? Je n'en tire d'ailleurs aucune gloire. Les droits de diffusion n'arrêtent pas de pleuvoir. Un cadeau de nouvelle année.

– Je veux que tu annules la série. *Lamplighter* me sort par les yeux.

– Je n'ai pas le pouvoir de l'annuler. Et si je l'avais, le network me casserait les deux jambes… et s'assurerait que tu ne sortes pas d'ici pour le restant de tes jours. Ne t'attaque pas à *Lamplighter*. Il a été bon pour toi. »

Et le salaud se tailla, laissant Jocko planté là avec les liasses de relevés indéchiffrables de ses placements boursiers et financiers.

Il avait une cicatrice en spirale à l'endroit où le pruneau du forcené lui était entré dans le crâne, et elle le défigurait. Elle avait marqué Jocko d'une calvitie qui ressemblait à une tonsure de moine ou à l'empreinte d'une queue de cochon. Une seule chose excitait sa curiosité : Florence Trout, la secrétaire qu'il n'avait jamais vue. Il ne parlerait à aucun des manitous qui avaient pris en main *Lamplighter* pendant qu'il dormait sous une croix d'argent. Il sortit du lit un matin, s'habilla d'un jogging *made in Muscle Beach* qu'Elliot Weinrib avait introduit frauduleusement à l'hôpital, et Jocko se faufila dans les couloirs, dépassa le poste de garde des infirmières, héla un taxi devant l'hôpital, se fit conduire à sa maison de production à Santa Monica et demanda Florence Trout.

Ses scénaristes-producteurs bourdonnaient autour de lui, lui montraient qui des synopsis, qui des idées pour de nouveaux épisodes de *Lamplighter*, mais Jocko n'écoutait pas. « Où est Florence Trout ? »

Elle arriva, ressemblant à une pâle copie de Sharon Stone, avec un tic nerveux au coin de la bouche. Le tic troubla Jocko, lui fit presque demander si elle voulait emménager avec lui au Misericordia. Mais l'hôpital n'aurait pas autorisé Jocko à avoir une secrétaire. Et il n'aurait pas survécu à sa voix stridente.

Florence Trout lui enfonça dans la figure une liasse de fax, attachés ensemble avec une épingle dorée. L'épingle fascina Jocko, mais il ne voulut pas lire les fax.

« Mr Robinson, Mr. Robinson, qu'est-ce que je dois faire ? »

Elle le poursuivait à travers les bureaux et Jocko dut prendre la fuite. Il trouva un autre taxi, descendit à Duck Soup, feuilleta tous les magazines, puis alla prendre un burger au tofu à La Source. Jocko commençait à se sentir revivre sous sa peau quand il se rappela le parking et la balle qui lui avait laissé une queue de cochon indélébile sur la tête. Il courut se réfugier au Misericordia.

L'hôpital était devenu son hôtel, mais personne n'osait le mettre à la porte. Jocko avait promis un million de dollars au Misericordia. Il était le petit prince de l'hôpital. Son infirmière continuait à le raser et à lui masser les jambes, mais elle avait arrêté de lui apporter des *bagels* de Farmers Market.

« Vous êtes en meilleure forme que moi, Mr. Robinson.

– Je croyais que j'étais assassiné.

– Ce jeu-là est fini, cher monsieur. »

Mais Jocko ne souffrait pas. Il se faisait livrer des *bagels* à la farine complète et des germes de soja par La Source. Son banquier vint le voir, Elliot Weinrib aux oreilles en feuilles de chou qui avait des documents à lui faire signer.

« Elliot, qu'est-ce que tu viens me persécuter. Je sors du coma, nom d'une pipe. Et tu as ma procuration.

– Signe », fit Elliot en retirant une épingle dorée d'un des documents.

Jocko sourit. C'était la même épingle que celle de Florence Trout.

« Tu la sautes, pas vrai ?

– De quoi tu parles ?

– Florence Trout. Tu as viré Natalie et tu m'as collé cette pouffiasse à la place.

– Ce n'est pas une pouffiasse. C'est une actrice, une fille bien. Et Natalie est partie d'elle-même.

– Natalie m'était entièrement dévouée, dit Jocko.

– Elle s'est mariée avec un mordu de diététique. Elle vit à Big Sur. Elle a eu un bébé. Et toi, il faut que tu sortes du lit.

– Je ne retourne pas travailler sur *Lamplighter*. C'est hors de question.

– C'est ton père, Jocko. Il empire.

– Quoi, il est tombé ? Il est dans le coma ? On lui a tiré une balle dans la tête ?

– Il passe sa journée à monter et descendre dans l'ascenseur.

– C'est son privilège. Il a des gardes du corps, des aides-soignants vingt-quatre heures sur vingt-quatre. Ils sont payés pour baby-sitter papa, y compris dans ce putain d'ascenseur. »

Elliot l'emmena à l'aéroport. Jocko n'avait pas les vêtements qu'il fallait pour Manhattan. On était en janvier, et il portait son jogging de Muscle Beach.

« Elliot, chuchota-t-il avant de gagner la porte d'embarquement. Si tu veux te sauter Florence Trout, fais-le en dehors des heures de bureau. Je ne veux plus de pouffiasses dans ma masse salariale. »

Il s'endormit dans l'avion, presque tout seul dans la zone de première classe, comme le passager d'un vol spatial. À l'atterrissage, à l'aéroport Kennedy, il acheta un manteau doublé de duvet. Ainsi que des godillots d'hiver, un pantalon en laine et un gilet qui aurait été parfait pour le pôle Nord. Il se changea dans les toilettes pour hommes, balança son jogging dans une poubelle et valsa hors de JFK dans ses nouveaux vêtements arctiques.

Jocko n'arrivait pas à trouver son père. Mr. Robinson senior n'était pas dans son penthouse de Washington Square. Jocko chercha dans les ascenseurs avec le garde-du-corps-infirmier-en-chef de Mr. Robinson, Alfonso Walsh, un culturiste qui aurait pu sortir tout droit des sables de Muscle Beach. C'était Jocko qui réglait son salaire. Mr. Robinson n'était qu'un millionnaire mineur. Il n'avait jamais eu de fortune *sérieuse*, juste un pécule qu'il couvait et bichonnait. Mais il n'avait pas, comme Jocko, des droits de diffusion qui lui pleuvaient dessus des quatre coins de la planète. C'était un propriétaire qui engloutissait une bonne partie de sa galette dans un seul immeuble, un élégant dinosaure délabré.

Jocko était né dans cet immeuble. Il avait grandi sur son toit, suivi la courbe du soleil et de la lune dans le ciel de Manhattan jusqu'à son départ pour l'Université, en Californie, et n'était quasiment jamais revenu. Jocko ne s'entendait pas avec son père. Mr. Robinson avait négligé sa femme et son fils, il avait entretenu une maîtresse dans le même immeuble. Et Jocko avait vu sa mère dépérir. Elle était morte pendant sa première année d'université. Jocko avait économisé, il avait prévu d'amener sa mère en Californie, de louer un cottage pour eux deux, mais son bas de laine n'avait jamais été assez rempli. Et il se trouvait d'une humeur meurtrière à chaque fois qu'il pensait à son père.

Jocko se demandait si le vieux était momifié quelque part, s'il s'était incrusté dans un mur. Il interrogea le garde du corps-infirmier.

« Alfonso, quand est-ce que tu l'as vu pour la dernière fois ?

– Dans l'ascenseur… Je suis descendu pour aller pisser et après il avait disparu. »

Le gardien et le factotum passèrent le sous-sol et les escaliers de service au peigne fin. Ni l'un ni l'autre ne put résoudre le mystère. Bien, marmonna Jocko pour lui-même, je n'aurai pas à l'enterrer. Et il souhaita que le vieux puisse disparaître comme ça à jamais. Il alla faire un petit somme dans son ancienne chambre, jeta un coup d'œil sur sa petite terrasse particulière, festonnée de glace, et aperçut une ombre dans une chaise longue. Son père était dehors sous la pluie ; personne n'avait pensé à regarder là.

Jocko attrapa son manteau en duvet, ouvrit la porte-fenêtre de la terrasse et sortit rejoindre son père qui était assis en chemise, une casquette des San Diego Padres vissée sur la tête. Jocko enveloppa son père dans le manteau. Mr. Robinson gémissait, les yeux fixés dans quelque vide venteux.

« Qu'est-ce qui ne va pas, p'pa ?

– Ta mère me manque. »

Et la vieille douleur empoigna Jocko à nouveau, le chaos de sa vie familiale, et il ne savait plus bien qui aimer et qui haïr.

Maintenant, c'était Jocko lui-même qui s'occupait du baby-sitting. Alfonso pouvait se charger d'autres corvées tant que « Robinson junior » était là. Jocko jouait à la belote avec son papa. Tout était parfait tant que Jocko se concentrait sur les cartes. Mais le cerveau de Mr. Robinson dérapait généralement au milieu de la partie et sa bouche se remplissait de bile.

« Tu triches, fiston.

– Papa, je n'ai qu'une poignée de valets. Tu as tous les rois.

– Je ne parle pas de la belote. Tu as tapé dans mon compte courant.

– Papa, j'étais dans le coma. Je n'aurais pas pu traficoter tes comptes.

– Coma ? Qui est-ce qui m'a caché ça ? Ton charlatan, ce type aux grandes oreilles ?

– Il pense à ta santé, papa. Elliot est ton ange. Il m'a raconté l'incident de l'ascenseur.

– Il n'y a pas eu d'incident, dit Mr. Robinson en crachant dans son mouchoir. J'aime monter et descendre. J'ai quatre-vingts ans. Qu'est-ce que je peux faire d'autre ? J'ai perdu mon appétit. Je piquerais du nez si une pépée se déshabillait devant moi. Qui t'a mis dans le coma ?

– Difficile à dire. On m'a tiré une balle dans la tête devant Duck Soup.

– Épargne-moi ton jargon d'Hollywood. C'est quoi, ce Duck Soup ?

– Une librairie, p'pa, un lieu de rencontre pour les écrivains... C'est là où j'achète mon *New York Times*.

– Tu me reproches la mort de ta mère. Tu ne peux pas pardonner ton vieux père. Et tu as envoyé Elliot aux grands oreilles ponctionner mon compte.

– Donne-moi une raison, p'pa.

– Pure rancune. Tu pourrais acheter les San Diego Padres si tu voulais, ou les Chicago Bulls. Mais non, ce que tu veux, c'est me faire sentir pauvre. »

Jocko sortit son chéquier de sa poche.

« Combien il te manque, p'pa ? Je vais couvrir tes pertes tout de suite.

– Jouer à Gengis Khan avec son propre père. C'est indécent... Comme si tu sortais ta bite. Je ne veux pas de ton argent. Je veux le mien. Ramasse tes cartes, que je te démolisse. Et n'oublie pas, c'est dix dollars le point. »

Et Jocko se reconcentra instantanément sur le jeu.

Jocko perdit dix-neuf mille dollars en sept jours au profit de son père, mais cela ne parut pas suffisant pour combler le « trou » dans les finances paternelles. « Des clopinettes, grommela Mr. Robinson, de la menue monnaie de belote. » Jocko était quand même satisfait. Il sortait fumer une cigarette sur sa petite terrasse et ne retournait à la table de jeu que lorsque le vent lui rabattait du tabac plein la bouche.

Mais ses petites habitudes furent bouleversées: Elliot aux grandes oreilles avait dû donner son numéro de téléphone à toutes sortes de gens. C'était le même numéro que Jocko avait étant enfant. Son père n'avait jamais résilié la ligne. Mr. Robinson attendait comme une araignée souffrante que Jocko réinvestisse sa chambre. Et maintenant, le téléphone n'arrêtait pas de sonner. Des actrices en mal de rôle, des scénaristes, des techniciens mendiaient jusqu'à la moindre miette de travail sur *Lamplighter*. La série vedette était son bébé, mais Jocko n'avait rien à voir avec la machinerie qui crachait épisode après épisode. Il ne pouvait même pas virer sa propre secrétaire.

Miles Farmer appela. Miles était un autre « trait d'union », un scénariste-producteur comme Jocko, mais il n'avait jamais réussi à avoir son propre feuilleton. Ils avaient travaillé ensemble sur un pilote de télé, une série sur une bande de chiens policiers intelligents, mais le pilote n'avait jamais été retenu. Jocko avait ensuite amené Miles sur *Lamplighter*, puis l'avait remercié. Miles était un fumier incompétent qui avait réussi à se mettre à dos toute l'équipe technique pendant la première semaine de tournage de *Lamplighter*. Et Jocko s'était senti depuis bourrelé de remords, comme s'il devait à Miles un peu de son propre sang.

Miles l'invitait à une soirée dans un club de *downtown* Manhattan.

« Je déteste les fêtes, Miles. Tu le sais bien. »

Mais il ne pouvait pas refuser. Il était trop coupable.

Il raccrocha. Son père n'était plus à la table de jeu à compter l'argent que Jocko lui devait. Mr. Robinson était encore en voyage dans l'ascenseur.

« Je vais le baby-sitter, dit Alfonso. C'est pas un problème. »

Mais ce fut Jocko qui sortit sur le palier pour s'occuper de son père. Il accompagna les montées et descentes de Mr. Robinson, qui accueillait volontiers des passagers dans son engin. L'ascenseur avait ses contrôles automatiques, mais Mr. Robinson appuyait sur les boutons des étages et bavardait avec ses locataires pendant le trajet. Il était lucide, gai et poli. Et Jocko en venait presque à l'envier, le propriétaire qui pilotait des gens dans le ciel parcellaire de Washington Square.

Miles donnait sa soirée dans un cabaret de Wooster Street, La Trompe de l'Éléphant. Une fille superbe s'assit sur ses genoux à l'instant où il arriva. Elle avait un perroquet tatoué sur l'épaule. Le perroquet excita sa curiosité mais pas la fille, qui avait un sourire sinistre. Elle frôla Jocko de la main, palpa une possible érection, mais Jocko était comme son père : il n'avait pas d'appétit. Il fit gentiment dégringoler la fille de ses genoux.

Miles apparut, flanqué d'une brochette de productrices. Toutes portaient cravate. Elles babillaient des éloges intarissables sur *Lamplighter*, cette série « géniale ». Elles étaient belles, sympathiques, les cheveux courts, mais ne pouvaient tirer Jocko de sa coquille. Une des productrices lui lécha l'oreille et Jocko entendit un grondement dans sa tête, comme si le même vieil assassin revenait lui faire la peau devant Duck Soup.

Il hurla, s'excusa, descendit une vodka tonic au bar. Miles le harcelait.

« Jocko, aide-moi… toutes ces dames sont prêtes à me donner ma propre série si je peux associer ton nom au projet.

– Miles, c'est pour ça que tu m'as invité ?.. pour m'exhiber devant tes amies productrices ? Regarde-moi. J'ai été inconscient pendant six mois. Je peux à peine épeler mon nom.

– Tu es toujours Jocko Robinson, le plus grand créateur de séries de l'Histoire. Tu n'as pas besoin d'épeler. »

Il y avait tant d'enthousiasme dans le visage malhonnête de Miles, tant de besoin et de désir, que Jocko se sentit honteux. Il n'avait rien à faire à La Trompe de l'Éléphant, où hommes et femmes dansaient et s'embrassaient et faisaient affaire sous une lumière bleu nuit.

Il essaya de s'éclipser. Miles lui agrippa l'épaule.

« Jocko, je t'en supplie. Parle-moi un peu plus… ça impressionnera les dames. »

Jocko passa un bras autour de Miles Farmer, lui chuchota dans l'oreille.

« Si tu m'appelles encore une fois, je sortirai de mon coma, Miles, et je te tuerai de mes mains. »

Il quitta le balancement obscur de l'armée de corps qui lui avait chauffé les os et retrouva l'air glacial de Wooster Street. Il avait commencé à neiger. Jocko avait envie de danser là, tout seul, devant ce foutu cabaret.

La neige ne s'arrêta pas.

Il se réveilla le lendemain dans son lit d'enfant avec un mur blanc derrière la fenêtre. Il avait dormi pendant toute la tempête. Le vent avait hurlé toute la nuit et Jocko n'avait rien entendu. Manhattan était bloqué. Il y avait soixante centimètres de neige et Jocko avait sa petite congère particulière sur le balcon. Alfonso était bloqué chez lui, à Queens. L'immeuble devait survivre avec une équipe squelettique. Les écoles étaient fermées. Les aéroports de même. Les magasins avaient toujours leurs grilles devant les vitrines et il était presque midi. « Manhattan est à moi », dit Jocko comme un petit garçon espiègle, grisé par le souvenir de plus anciens blizzards qui l'avaient dispensé d'école.

Il entendit quelqu'un gémir faiblement près de la porte. Mr. Robinson se tenait-là dans sa robe de chambre.

« Je n'ai pas de lait. Alfonso m'apporte toujours mon lait... et des *bagels* frais.

– P'pa, la ville est en panne... Regarde par la fenêtre. Rien ne peut bouger.

– Je veux mon lait. »

Jocko descendit dans la tempête. Il lui fallut porter les mêmes caoutchoucs qu'il mettait pour aller au lycée. Il remonta péniblement dix rues contre la neige aveuglante, déboula dans une épicerie ouverte la nuit et acheta le dernier pack de lait. Il découvrit trois *bagels* au fond d'une corbeille en plexiglas et les demanda pour son papa.

Jocko sourit en contemplant son butin : un pack qui fuyait et des *bagels* durs comme des briques.

Il replongea dans la tempête.

L'immeuble de son père avait disparu. Impossible de retrouver ce foutu bâtiment. La tempête l'avait emporté, avalé, coincé dans une dimension à laquelle Jocko n'avait pas accès. Il était perdu dans Manhattan, sans sa Dart, sans Duck Soup.

Il percuta un démon des neiges. Le démon portait une écharpe qui lui dissimulait presque toute la figure. Jocko en était presque reconnaissant. Il suivrait ce démon jusqu'à son enfer enneigé.

« Mr. Robinson, qu'est-ce qui ne va pas ? marmonna le démon sous son masque. »

C'était Alfonso, qui arrivait de Queens. Il pilota « Robinson fils » jusqu'au coin de la rue et l'immeuble réapparut.

Mr. Robinson père attendait à la porte de son penthouse. Il fit griller les *bagels* et réchauffa le lait.

« Délicieux », dit-il après avoir mordu dans une de ces briques.

Sa bonne humeur commença à revenir. Jocko avait la ville à lui tout seul. La circulation était paralysée. Pas une voiture ne bougeait dans les rues. La neige avait cessé de tomber, mais les chasse-neige municipaux étaient coincés dans leurs remises et aucun autre véhicule ne pouvait dégager un chemin praticable. Il n'y avait que des collines blanches, des collines qui montaient plus haut que les vitrines. Jocko alla arpenter les rues dans ses caoutchoucs de lycéen. Tout était incroyablement silencieux, hormis un chuintement presque imperceptible, comme si la neige pouvait respirer.

Jocko n'alla pas bien loin. Une fille était prisonnière d'une coulée de neige juste devant l'immeuble de son père. Elle était enterrée sous une montagne blanche ; seuls son front et ses poings dépassaient. Jocko la dégagea de ses propres mains. Elle aurait pu avoir douze ou quinze ans, il n'était pas sûr. Elle portait des lunettes à montures dorées dont les verres, cristallisés de flocons, l'aveuglaient. Jocko lui enleva ses lunettes, les essuya avec les mitaines qu'il avait empruntées à son père. La fille avait des yeux vert pâle qui auraient pu appartenir à un bel insecte.

« J'étais prise au piège, dit-elle. Je ne pouvais pas respirer… mais c'était marrant, comme être à l'intérieur d'un sous-marin câlin. »

Elle ne pouvait pas avoir douze ans. Les filles de douze ans n'avaient pas un vocabulaire aussi précis.

« Je sais qui vous êtes, dit-elle pour taquiner Jocko. Mr. Lamplighter.

– Comment tu… ?

– Je n'ai pas raté un seul épisode, enchaîna-t-elle. Il me tue, ce Byron Little, avec toute sa tribu de hors-la-loi.

– Je ne suis pas Byron. Je…

– Évidemment, vous avez abandonné votre série. Mais vous restez quand même Mr. Lamplighter. »

Elle descendit de cette colline de neige et Jocko fut stupéfait de voir qu'elle avait une abondante poitrine sous ce sourire de gamine futée.

« Comment vous appelez-vous ?

– Inertie », dit-elle.

Jocko ne pouvait concevoir qu'une fille porte un nom pareil. Inertie fila d'un trait vers l'immeuble, et Jocko perdit l'équilibre, basculant dans la neige qui se referma sur lui.

Il était agité d'une excitation trouble. Un nouveau démon des neiges était entré dans sa vie. Cette Inertie n'était ni femme ni enfant. Il ne semblait pas capable de découvrir quel appartement elle occupait dans l'immeuble. Le gardien n'avait jamais entendu parler d'une Inertie. Avait-il rêvé la fille aux lunettes cerclées ? Était-il encore dans le coma ?

Elle adorait *Lamplighter* et Jocko se dit qu'il pourrait peut-être trouver un indice dans le feuilleton. Il en regarda plusieurs épisodes en rediffusion sur la douzième chaîne. Ça le rendit malade ; regarder *Lamplighter* était comme bouffer ses propres entrailles. Byron Little était un procureur en disgrâce qui avait outrepassé la loi et « donné ses lumières » [1] à la mafia, terrorisé, monté des coups infernaux, chorégraphié d'incroyables délits, manipulé hommes et matériel comme un maître d'échecs, laissé courir des coupables. Mais *Lamplighter* aidait aussi la police à résoudre des affaires abominables, il déployait son intelligence brute, sa vision extralucide du cerveau criminel pour acculer tueurs en série et banquiers véreux. Ses adjoints étaient une tribu de taulards, de prostituées, de drogués, de pirates informatiques, de prêtres ivrognes qui prêtaient leurs « jambes » à Byron Little – leur passion dévorante et leurs talents de spécialistes.

C'était une clique insupportable, un gang de malfrats aux attitudes de petits évêques, qui se croyaient plus malins que tout le monde. Jocko ne supportait

1. Un *lamplighter* est une tête pensante de la mafia, qui lui éclaire le chemin en lui fournissant les idées ou en lui suggérant de nouvelles orientations. Fin connaisseur du terrain criminel, le *lamplighter* est aussi un visionnaire, un scénariste qui aime voir ses idées mises en scène par des malfaiteurs professionnels. (N.d.T.)

pas la mégalomanie de Byron, ni le rapport blasé du gang à la criminalité. Et les *Lamplighter* qu'il regarda ne livrèrent pas un seul indice à Jocko sur la fille aux lunettes dorées.

Tout à coup, l'homme qui avait dormi sans interruption pendant six mois ne pouvait plus dormir du tout. C'était comme s'il avait traversé un miroir de neige et atterri de l'autre côté de son coma. Il avait sorti cette femme-enfant de la neige, échangé deux mots avec elle, entendu son nom ridicule, et il semblait ne pas pouvoir s'en remettre.

Ce fut Alfonso qui résolut le mystère. Il n'avait jamais vu Inertie, mais il y avait un groupe de mannequins à la petite semaine qui habitaient au quatrième. C'étaient des vagabondes qui avaient du mal à payer le loyer. Alfonso était prêt à parier que ce fantôme des neiges était une des sauterelles du quatrième.

Jocko frappa à la porte des mannequins. Quelqu'un le dévisagea dans l'entrebâillement ; c'était la fille du cabaret, avec le perroquet tatoué sur l'épaule.

« Inertie, dit-il. Je cherche Inertie. »

Elle rit.

« Mr. Robinson, vous pouvez entrer et inspecter l'appart, mais on n'a pas ça en rayon.

– Je ne viens pas en propriétaire, dit-il. Je cherche juste Inertie.

– Il vous faudra parler à notre impresario, Mr. Miles.

– Miles Farmer ?

– En personne », murmura-t-elle à Jocko avec un roulement de hanches, et elle lui claqua la porte au nez.

Il remonta chez lui comme une flèche, appela Miles, tomba sur sa secrétaire.

« Mr. Farmer est sur la Côte, en train de soumettre un projet à ABC.

– C'est urgent, cria Jocko. Question de vie ou de mort.

– Mr. Farmer n'aime pas être dérangé quand il fait un *pitch*[1]... Mais je lui dirai que vous avez appelé. »

Jocko avait assez d'entregent pour traquer Miles Farmer jusque dans les bureaux d'ABC. Il connaissait le président du network. Après tout, il était Mr. Lamplighter, comme l'avait justement remarqué Inertie. Mais Miles aurait pu perdre ses moyens si Jocko avait appelé ABC au milieu de son *pitch*.

Jocko se précipita à Wooster Street. Il descendit dans la caverne, La Trompe de l'Éléphant, resta debout dans la lumière bleu nuit, vit d'autres filles avec des perroquets sur l'épaule danser dans l'obscurité mais aucune d'elles ne pouvait déloger son rêve d'Inertie.

Son téléphone sonnait quand il rentra à Washington Square. Il reconnut l'aboiement aigu de Miles Farmer.

---

1. Présentation orale d'une idée de film ou de série devant des producteurs, en jargon hollywoodien. C'est un exercice de comédien autant que d'auteur ou de réalisateurs. (N.d.T.)

« Aide-moi, Jocko. J'ai le trac. Je n'arrive pas à faire mon *pitch*.

– Où est-ce que tu caches Inertie ? »

Il y avait tous les ogres familiers d'ABC, plus le grand chef, Perry Bowles. Ils étaient sept autour de la table à se gribouiller mutuellement des mémos, mais tous pliaient la nuque devant Bowles, un gros en bretelles rouges qui enfonçait tous les autres networks dans la guerre des audiences. Perry avait du *nez* ; il flairait le potentiel d'un projet, il le soignait, le dorlotait et en faisait un mégasuccès. Pourtant, il avait raté le coche avec Jocko : il n'avait pas su pressentir le charme féroce de Byron Little. Mais ce coup-ci, il n'allait pas laisser un autre *Lamplighter* lui filer entre les doigts.

Miles était assis en bout de table. Il tremblait. Les sept ogres ne prirent même pas la peine de lui adresser un regard. Ils avaient les yeux fixés sur Perry Bowles qui, lui-même, semblait perdu dans la contemplation de la marque sur le crâne de Jocko, cette queue de cochon.

« Jocko, tu veux vraiment produire une autre série ? Je veux dire, le bruit et la fureur, et tout le tintouin. »

Jocko se pencha vers Perry Bowles.

« Dis à tes actionnaires de ne pas s'inquiéter. Si je me prends encore un pruneau devant Duck Soup, il y aura toujours Miles pour prendre la relève. »

Jocko souffrait du décalage horaire. Il était arrivé à L.A. une heure plus tôt, avait à peine échangé deux mots avec Miles. Il n'avait pas la moindre idée de ce que celui-ci voulait vendre à ABC. Et Miles n'arrivait pas à desserrer les dents.

« Inertie, dit Jocko, et tous les ogres tendirent l'oreille. Tout le pays est tombé en catatonie. Où est la dévotion, où est le sacrifice, où est l'amour ?

– C'est un polar ? la ramena un des ogres.

– Robert, dit Bowles, n'interromps pas le maître, tu casses le rythme.

– Je pensais plutôt comédie, dit Jocko. Avec une pulsion morale. Un petit groupe de mannequins vivent ensemble. Elles ont toutes un défaut physique rédhibitoire. Ou bien elles sont trop petites, ou trop plantureuses. Elles s'installent dans un immeuble condamné près de Washington Square, elles le réhabilitent en une espèce de lieu communautaire. Elles aident à réconcilier les couples séparés. Elles adoptent les vagabonds et les fugueurs. Elles s'attaquent aux avocats qui escroquent des fortunes aux vieilles gens. »

Perry Bowles bondit dans son fauteuil.

« J'y suis… *Lamplighter* sans l'hémoglobine ! »

Miles était tétanisé à la table. Jocko dut le soutenir jusqu'à la sortie d'ABC. Perry Bowles avait donné son feu vert à *Lamplighter* sans hémoglobine. Miles Farmer allait avoir sa nouvelle série.

« Bon, dit Jocko, maintenant tu vas me dire où tu planques Inertie. »

Inertie était un nom de guerre, un de ces masques dont les filles du quatrième aimaient s'affubler. Elles se surnommaient Squelette, Paresse, Feignante, Cauchemar. Elles n'avaient pas d'activité bien définie. Les grandes agences les avaient laissées tomber et elles devaient se produire dans des défilés de troisième zone. Leur territoire préféré était La Trompe de l'Éléphant, où elle buvaient, dansaient et racolaient. Ce n'était pas vraiment de la prostitution, expliquait Miles. Elles cherchaient des sponsors, quelqu'un pour les promouvoir et les tirer de leur anonymat. Le vrai nom d'Inertie était Katinka Baer. Son père était un militaire américain basé en Allemagne. Sa mère était une infirmière de Varsovie. Katinka s'était enfuie avec un photographe à quatorze ans ; elle avait vécu à Nice, Madrid, La Nouvelle-Orléans, s'était produite sur les podiums de Paris et Milan, mais cette gamine-là ne faisait pas l'affaire : elle avait trop de poitrine. Katinka ne fut jamais la « mariée » d'un défilé, ni le chouchou d'un couturier. Elle savait se déhancher à merveille, aimanter les objectifs des photographes, mais elle n'avait pas l'impérative silhouette longiligne du mannequin de haute couture. Elle s'était accrochée pour rester dans les circuits et maintenant qu'elle avait vingt-huit ans, on avait cessé de demander les services de Katinka Baer…

Jocko était en route vers le bureau de Miles à *midtown* Manhattan. La neige avait disparu du sol, mais de la glace tombait en plaques des tours de verre et il avait fallu fermer des avenues entières. La glace, comme un arc-en-ciel éclaté, éblouissait Jocko. Mais Miles n'arrivait pas à matérialiser Katinka Baer.

« Tu es son manager. Tu ne connais pas son emploi du temps ? »

Jocko lui avait apporté des roses, comme un chevalier intimidé. Cela faisait une semaine qu'il était sur les nerfs.

« Jocko, ce sont de fortes têtes. Elle font ce qu'elles veulent. Elle m'a promis de venir. Pourquoi est-ce qu'elle éviterait un gars avec un demi-milliard de dollars ?

– C'est simple, Miles. L'argent ne l'excite pas. »

Il rentra chez lui avec les roses. Il y avait un message d'Elliot Weinrib sur son répondeur. Il appela Santa Monica.

« Eh, glapit Elliot, faut que j'apprenne de Perry Bowles que tu étais à L.A. ?

– Elliot, je suis passé en coup de vent.

– Mais tu as quand même eu le temps de faire affaire avec ABC… Tu es suicidaire ou quoi ? Tu as mis dans le coup ce minable, Miles Farmer, ce maquereau, une vraie gifle à ta boîte de prod.

– Et alors ? C'est pas ça qui fera du mal à *Lamplighter*. Il marche à pleins gaz. »

Et Jocko raccrocha. Il pensa aux roses qui allaient pourrir sans Katinka Baer.

Il n'avait pas de stratégie, aucun plan véritable. Il pourrait engager quelqu'un pour casser les jambes de Miles, mais ça ne le rapprocherait pas de Katinka. Cependant, il ne chômait pas. Son père n'arrêtait pas de se perdre dans l'immeuble, et Jocko devait se faire trappeur et boy-scout.

Un jour qu'il l'avait vainement cherché avec Alfonso et qu'il songeait à appeler la police, il vit son père réapparaître à la porte du penthouse au bras de Katinka. Elle l'avait trouvé au sous-sol, dans la buanderie, et l'avait invité au quatrième pour un thé et une belote.

Jocko ne pouvait expliquer sa propre fringale. Comment pouvait-il être amoureux d'une fille qu'il avait vue cinq minutes, le temps de l'extraire de la neige ? Katinka ne portait pas ses lunettes à montures dorées et devait plisser les yeux.

« Je croyais que vous étiez partie, dit Jocko. C'est ce que Miles m'a dit. Nous étions...

– J'adore votre truc sur le crâne. On dirait une comète.

– Ouais, marmonna Jocko avec un sourire amer. On m'a tiré dans la tête.

– C'est la première chose que j'ai remarquée… quand vous m'avez sauvée. »

Son père s'endormit sur une chaise. Katinka prit Jocko par la main et le conduisit dans sa chambre, aussi sûrement que si elle avait son foutu plan d'appartement. Elle commença à se déshabiller. Elle avait sur l'épaule le même perroquet, qui semblait être le logo de La Trompe de l'Éléphant. Son corps était celui d'une enfant avec des seins. Et l'odeur de sa peau le bouleversa. C'était un parfum capable de le bercer jusqu'à le sortir de son long et terrible sommeil, mais Jocko n'était pas sûr de vouloir se réveiller.

Il n'y avait rien de violent ni d'anguleux dans ses gestes. Elle aurait pu faire partie du propre rêve de Jocko. C'est ainsi qu'elle ondoyait sous lui, comme s'ils voyageaient ensemble sur un lit très étroit qui aurait pu être un canal.

Ils s'endormirent, serrés dans les bras l'un de l'autre, mais Katinka n'était pas là quand il se réveilla. Et Jocko était tout seul dans sa chambre, comme un enfant abandonné.

Il ne pouvait quand même pas mettre l'immeuble sens dessus dessous comme un éléphant en furie pour retrouver Katinka. Il était le fils du proprio. Il s'assit avec son père, joua une manche de belote. Mr. Robinson senior se mit à pleurer.

« Je préfère jouer avec Tinka. Au moins, elle sourit. Tinka me réchauffe le cœur.

– Et moi, je suis là pour quoi ?

– Toi… tu es un prisonnier de guerre dans ta chambre de garçon. Je devrais te faire payer un loyer.

– Combien tu voudrais, p'pa ? Dix mille dollars par jour ?

– N'insulte pas ton père.

– Elle est déjà venue ici, pas vrai, p'pa ? Dans cet appartement.

– Tinka ? Pourquoi pas ? J'ai le droit d'avoir des visiteurs. »

Jocko sombra dans la morosité et son père l'écrabouilla, lui ramassa tous ses as et ses rois. Jocko se sentait effectivement comme un prisonnier de guerre. Il voulut interroger Alfonso sur Katinka mais ne le fit pas. Il resta assis dans sa chambre comme un homme en résidence surveillée. Il oublia de se raser. Il regarda des vieux épisodes de *Lamplighter*. Puis, une nuit, il enfila son manteau et descendit à Wooster Street. L'air lourd et bleu de La Trompe de l'Éléphant était irrespirable. Mais Jocko n'était pas venu pour respirer. Il ne trouva pas Katinka mais Alfonso était assis au bar, entouré de filles avec des perroquets tatoués sur l'épaule. Il n'était pas en uniforme d'infirmier. À La Trompe de l'Éléphant, Alfonso portait un cuir noir et des bracelets d'argent. Et maintenant Jocko comprenait pourquoi sa chambre semblait si familière à Katinka : ce n'était pas sa première visite. Alfonso lui avait fait l'amour dans la vieille chambre de Jocko, il avait enfoncé ses dents dans la chair d'Inertie. Jocko en était certain. Il se dirigea vers le bar, se glissa entre Alfonso et une des filles.

Il put voir un éclair de terreur traverser les yeux d'Alfonso, derrière son sourire crispé d'infirmier.

« Alfonso, susurra-t-il, raconte un peu à ton vieux copain. Tu habitais avec Tinka dans ma putain de chambre avant que j'arrive ? »

Il sauta sur Alfonso, lui balança un pain à travers la figure et l'infirmier continua à sourire. Jocko n'eut pas l'occasion de le cogner davantage. Les deux videurs du cabaret empoignèrent Jocko par le col de sa veste et le balancèrent dans la rue.

Jocko n'avait même pas le moelleux de la neige pour amortir le choc. Vivre si longtemps à L.A. lui avait chamboulé son calendrier. Il avait oublié que l'hiver avait déjà déserté les rues.

Alfonso ne retourna pas au travail. Même s'il l'avait fait, Jocko l'aurait viré sur-le-champ. Il débarrassa les affaires d'Alfonso, les fit expédier à La Trompe de l'Éléphant avec un gros chèque. Mais il ne savait pas quoi faire pour mettre fin aux gémissements de son père, qui demandait son infirmier. Puis un homme surgit de nulle part : John Robevitch, un flic en retraite avec un sonotone derrière l'oreille. Ce Robevitch avait l'air encore plus désespéré que le père de Jocko. C'était le partenaire de belote de Mr. Robinson. Robinson et Robevitch. Jocko fut immédiatement sur ses gardes. Robevitch aurait-il été envoyé par Alfonso ? Mais le vieil inspecteur était entré dans la vie de Mr. Robinson bien avant Alfonso. C'était lors d'une enquête sur un cambriolage dans l'immeuble qu'il avait rencontré Robinson l'Ancien. Jocko surmonta ses dernières réticences et engagea Robevitch comme garde du corps-infirmier temporaire de son père.

L'amertume du vieil homme sembla disparaître. Mr. Robinson riait beaucoup avec son infirmier. Jocko, lui, n'avait jamais réussi à le dérider. Il apprit à se confier à Robevitch, qui lui demanda pourquoi il était si taciturne.

« Ah, fit Jocko. C'est ridicule. Je suis tombé amoureux d'un fantôme. »

Robevitch tapota son sonotone et Jocko dut répéter : « Un fantôme. »

« Ce n'est pas si ridicule. J'ai passé la moitié de ma vie à poursuivre des fantômes. C'est le lot commun du flic.

– Mais tu as dû résoudre des milliers d'affaires.

– Ouais, quand je profite de la chance de quelqu'un d'autre. Parle-moi de ce fantôme… C'est une femme ?

– Une fille, dit Jocko. Un mannequin qui n'a pas percé. Katinka Baer. C'est une nomade. Mais elle vient parfois passer la nuit dans l'immeuble, avec deux ou trois autres mannequins. Elles ont leur petite communauté au quatrième. »

Robevitch sourit.

« Eh bien, allons voir. »

Ils évitèrent l'ascenseur, prirent l'escalier. Robevitch frappa à la porte des mannequins et, quand personne ne répondit, il crocheta la serrure avec une épingle métallique. Jocko n'avait jamais vu un homme aux doigts si agiles. Il commençait à aimer Robevitch.

Il n'y avait pas une seule image aux murs. C'étaient toutes des nomades, les copines de Katinka. Jocko ne put même pas trouver une cafetière. En revanche, il y avait des penderies entières de vêtements. Robevitch entra dans l'une d'elle et réapparut.

« Personne n'habite ici.

– Mais comment peux-tu en être sûr ? »

Robevitch poussa Jocko d'une bourrade affectueuse hors de l'appartement.

« Des robes et des chaussures à la pelle mais pas une seule petite culotte. Personne n'habite ici. »

Ce fut Jocko qui se retrouva à garder son père ; le flic en retraite avait une nouvelle affaire sur le feu. Robevitch n'avait pas besoin d'un flingue ; il avait ses rossignols et son sonotone.

« C'est une serre, dit-il à propos de l'appartement du quatrième, un trou d'eau.

– Robevitch, tu veux bien parler ma langue ? Je ne suis pas ton capitaine de brigade. »

Le vieux policier sembla contrarié.

« T'es un écrivain. Fais travailler ton imagination.

– Elle est rouillée, dit Jocko. Ça fait des années que je vis du même feuilleton… et je ne l'écris même pas.

– Alors je vais te tenir la main. Les fillettes n'habitent pas dans cet appart. C'est leur point de chute, là où elles pieutent quand elles n'ont pas trouvé d'autre lit, là où elles gardent leurs nippes.

– Robevitch, je me fous de ce qu'elles font dans la vie. Tout ce qui m'intéresse, c'est Katinka Baer.

– C'est une seule et même chose, fiston.

– Contente-toi de trouver son emploi du temps. Éclaircis-moi juste ce mystère, tu veux bien ? »

Le vieil inspecteur de police fut parti six jours. Jocko dut devenir le garde-malade à plein temps de son père. Il descendait le promener sur Washington Square. Les journées étaient plus longues, mais elles n'étaient plus baignées de cette lumière cristalline que leur donnait la neige. Jocko adorait les arbres dénudés de l'hiver, le sol gelé, et maintenant la place ressemblait à une « serre », envahie de feuilles.

Il ne pouvait pas jouer à la belote sur la place ; toutes les tables étaient occupées par des fous d'échecs calculant la balistique de leurs prochaines attaques et parades. Jocko admirait leur dévotion au jeu, cette aptitude à laisser leur esprit danser sur les diagonales de l'échiquier.

Robevitch revint avec l'itinéraire de Katinka.

« Tu es un vrai magicien, John. D'où tu tiens ça ?

– De ton associé, Mr. Miles.

– Il t'a fallu le bousculer un peu ? demanda Jocko, les yeux fixés sur le sonotone de Robevitch.

– On n'a même pas fait connaissance. J'ai rendu visite à ses tiroirs de bureau... Mais crois-moi, oublie cette Katinka Baer. Elle n'a rien d'une femme-fantôme. Elle n'est que trop réelle. Ta Tinka est mouillée dans une arnaque de gros calibre. »

Jocko lui arracha l'itinéraire des mains. Ses yeux tombèrent sur les mots « Nice » et « Menton », et sa cervelle se mit en branle pour trouver un agent de voyages.

Ladies
MODEL SHOW
COMPAGNIE AMERICAINE

Il commençait à se sentir comme F. Scott Fitzgerald flottant sur la Côte d'Azur. Sauf que Scott avait une petite fille et une femme un peu timbrée et que Jocko, lui, était célibataire depuis toujours. Il n'allait pas à Antibes, comme les Fitzgerald. Il devait suivre Katinka Baer à Menton. Mais il ne la trouva pas. Elle n'était pas à l'hôtel indiqué sur la promenade du Soleil. Il s'apprêtait à partir quand il vit Katinka sur un mur, annonçant la venue du défilé de mode-spectacle des Manhattan Ladies : *La Compagnie américaine*. Mais l'affiche ne mentionnait ni date ni heure. Quand Jocko demanda des précisions au directeur de l'hôtel, tout ce qu'il obtint fut un sourire en coin.

« Il y a bien une réservation pour elles.

– Certainement, monsieur. Mais nous ne sommes pas pressés. »

Et Jocko ne pouvait pas s'en étonner. Le Princesse de Galles était un hôtel pour retraités, une auberge du troisième âge. Dans le hall, Jocko se faisait l'effet d'un gosse de maternelle. Il aurait pu passer la Riviera au peigne fin à la recherche de mannequins au perroquet tatoué sur l'épaule, mais il décida plutôt d'attendre au Princesse de Galles.

Avec ses deux grandes baies vitrées donnant sur la mer, sa chambre était bien plus belle que son nid d'aigle de Manhattan ou son cottage de Muscle Beach. Il alla faire des emplettes sur l'avenue Félix-Faure, s'acheta une visière pare-soleil, des sandales et – quoiqu'il fît encore un peu trop frais pour se baigner – un caleçon de bain. Il se promena dans la Vieille Ville, s'assit sur les marches d'une église, mangea italien sur les quais et se sentit bien plus heureux qu'il ne l'avait jamais été à Hollywood.

Il retourna à l'hôtel, alluma sa télé géante et plongea les yeux dans ceux de Byron Little. *Lamplighter* était arrivé à Menton.

Il n'y avait toujours aucun signe de Katinka Baer et de sa « Compagnie américaine ». Les journées se faisaient plus chaudes, et Jocko commença à voir des nageurs sillonner le cadre de sa fenêtre. Il descendit à la plage privée de l'hôtel en maillot, sandales et pare-soleil. Il n'y avait aucun culturiste en vue, ni de bronzeuses aux seins nus, seulement des retraités avec leur thermos de café préparé par l'hôtel. Personne ne paradait devant Jocko, personne ne flirtait avec lui.

Le Princesse de Galles était devenu le paradis solitaire de Jocko. Katinka commença à glisser de son esprit. Il clopina jusqu'à la Méditerranée, cette mère de toutes les mers, et l'eau sembla le réanimer, lui baigner les os. Et s'il se retirait pour de bon à Menton ?

L'idée le fit rire ; il était déjà un retraité de trente-quatre ans habilité à demander au Princesse de Galles son propre thermos de café.

Jocko regagna sa serviette de bain. Tandis qu'il était allongé sur le sable, un perroquet vola entre ses paupières mi-closes. Il ouvrit les yeux et aperçut une des filles de La Trompe de l'Éléphant en bikini rouge.

« Tu es Squelette ? demanda-t-il. Ou Minuit ? Où est Inertie ? »

Mais la fille ne voulut pas répondre. Elle quitta la plage en courant. Jocko attrapa ses sandales et sa visière et la suivit en ville. Elle monta dans la Vieille Ville. Il la perdit quelque part dans le lacis de rues, puis la retrouva au moment où elle s'engageait dans une porte étroite de la montée du Souvenir. Il allait l'arrêter quand une main l'attira à l'intérieur de la même maisonnette.

Jocko se tenait dans une pièce obscure dont le plafond rasait sa tête. La fille avait disparu. Alfonso, l'ancien infirmier de son père, avait un revolver pointé sur lui. Le cœur de Jocko ne battit même pas plus vite.

« Tue-moi, Alfonso. Je commence à avoir l'habitude de mourir.

– Je ne rigole pas. Tu n'aurais pas dû demander Katinka. On ne peut pas démarrer tant que tu es dans les parages. Un minable groupie comme toi, ça laisse des traces.

– Je ne suis pas un groupie, dit Jocko. Et je me fous de votre défilé. Je veux Katinka. »

Alfonso lui jeta un regard torve.

« Tinka ne veut pas de toi. »

Alfonso n'aurait pas dû relâcher son attention. Jocko lui fit sauter l'arme de la main, la ramassa sur le sol de pierre et l'enfonça dans l'oreille d'Alfonso.

« Je reste. Menton est à moi. »

Il sortit, redescendit la montée du Souvenir et balança le pistolet d'Alfonso dans la mer verte.

Rien ne le retenait à Menton. Il était débarrassé de la « Compagnie américaine » – de toutes ces filles tatouées et de leur complice, Alfonso Walsh, qui avait fait l'amour à Katinka Baer sur le lit de Jocko pendant que le vieux Robinson piquait un roupillon dans la pièce à côté. Mais Robinson junior n'avait pas de destination. Il aurait pu partir en pèlerinage sur les traces de Scott Fitzgerald le long de la Côte d'Azur, mais à quoi bon ? Errer à travers Antibes ne ferait pas de Jocko un dernier nabab fitzgeraldien. Il n'avait pas la poésie intérieure requise. *Lamplighter* l'avait rendu riche. Il avait les moyens de faire tout ce qu'il voulait sans en avoir la motivation. Il aurait pu passer en Italie ou s'embarquer pour la Grèce, mais il restait à Menton.

Il nageait, apportait des thermos de café à la plage. Plus aucun perroquet ne volait au-dessus de sa serviette de bain. Puis, un soir, alors qu'il avait inscrit les Manhattan Ladies aux pertes et profits de son passé, le hall de l'hôtel entra en ébullition ; il débordait de monde. La « Compagnie américaine » avait débarqué en ville. Les mannequins n'avaient pas de podium digne de ce nom ; elles devaient dansoter le long d'un épais tapis rouge. Il n'y avait ni rime ni raison à leurs déambulations. Elles ressemblaient à des bêtes inconscientes sorties d'un zoo chaotique. Alfonso faisait office de dompteur ; les biceps moulés dans un costume à paillettes, il ondulait des épaules et roucoulait dans un micro entre chaque passage des *ladies.* Celles-ci devaient être leurs propres stylistes ; elles s'étaient habillées en arlequins et en petites filles. L'une d'elles portait une moustache. Elles avaient le corps peint, le nombril percé, des chaînes enroulées autour du ventre. Et Katinka était parmi elles, à moitié aveugle sans ses lunettes dorées, ses pâles yeux verts papillotant sous les violents sunlights. Elle portait un polo de garçon, un foulard en travers des seins, un short très court et des mini-Santiags, comme une petite fille modèle prise dans le tourbillon d'une puberté explosive.

Les retraités ne pouvaient décoller leurs yeux d'Inertie. Ce n'était ni New York, ni Paris, ni Milan, juste un hôtel balnéaire assoupi au bord de la Méditerranée, mais Jocko ne pouvait échapper à l'ébullition anonyme. Même aveugles, les yeux de Katinka ne l'avaient pas effleuré une seule fois.

« Tinka », dit-il en bondissant devant elle comme un chat.

Mais elle contourna Jocko comme s'il n'était qu'un retraité de plus du *Princesse de Galles.*

Jocko ne savait plus s'il était ou non en train de délirer. Une petite armée de filles tatouées s'était abattue sur le Princesse de Galles. Il y avait des perroquets au détour de tous les couloirs. Il n'arrivait pas à percer la logistique ou les limites de cette « Compagnie américaine ». Les Manhattan Ladies étaient-elles une bande de prostituées ou de voleuses ? Elles ne se mêlaient pas aux autres pensionnaires de l'hôtel ; les filles tatouées restaient entre elles. À la plage, elles portaient des bikinis rouges ou bleus sous leurs bonnets de bain blancs. Alfonso ne les quittait jamais d'une semelle. Installé dans son transat, en blazer bleu et lunettes réfléchissantes, il surveillait ses filles avec le zèle d'un gardien de zoo et maintenait Jocko à bonne distance. Mais ce n'était pas si simple. Katinka n'apparaissait jamais à la plage. Jocko ne pouvait l'approcher que pendant le défilé. Et alors, ses pâles yeux verts ne le remarquaient même pas.

Puis, au milieu de la nuit, elle apparut à la porte de Jocko avec son polo de garçon et de la peinture bleue sur le nez.

« Mr. Lamplighter, tu ne veux pas m'ouvrir ? »

Jocko pouvait presque sentir le goût du gin sur sa langue. Elle entra dans la chambre, s'assit sur le lit de Jocko, tomba à la renverse et s'endormit.

Il était assis à côté d'elle quand elle se réveilla. Elle avait un regard halluciné.

« Va-t-en d'ici, dit-elle. Alfonso t'a prévenu.

– Ah, je contrarie les plans du garde-chiourme. »

Elle le gifla. Il lui attrapa les bras, secoua Katinka.

« Quel autre nom lui donner ? Il t'a amenée dans le penthouse. Ne nie pas. Tu as couché avec ce salopard… dans mon lit. »

Le regard halluciné avait disparu. Plus Jocko secouait Katinka, plus elle riait.

« Imbécile, dit-elle. Je ne laisserais jamais Alfonso me toucher. J'ai fait un défilé privé dans ton appartement.

– Pour qui ?

– Pour ton père. Il aimait mes numéros de mannequin.

– Tu as fait un minable strip-tease pour mon père ?

– On peut l'appeler comme ça.

– Et Alfonso était là ?

– Bien sûr… Mr. Robinson ne s'amusait jamais sans lui. »

Elle repoussa Jocko et bondit hors de la pièce.

Et Katinka Baer disparut à nouveau de sa vie. Jocko fut privé du spectacle de son déhanchement le long du tapis rouge du Princesse de Galles. Les posters de la « Compagnie » avaient été arrachés des murs. Il n'y avait plus ni perroquets ni bonnets de bain blancs voletant à travers la plage. Les Manhattan Ladies avaient fui Menton.

Jocko restait dans leur sillage comme un enfant rabougri. Il ne pouvait même pas dire avec certitude s'il se sentait abandonné ou soulagé. Il voulait tuer Katinka – non pas lui faire mal ou lui tirer une balle dans la tête, mais plutôt la voir flotter quelque part dans une mer du vert le plus sombre. Il était jaloux de son père qui avait regardé Katinka se déshabiller, qui s'était payé sa saleté de défilé privé.

Il lézardait sur le sable, son pare-soleil sur le front, en train de lire *Le Dernier Nabab*, quand une paire de flics se matérialisa devant lui. Ils n'étaient pas impolis avec Jocko, ni agressifs, à la différence des flics de L.A. qui vous impressionnent jusqu'à ce que toute votre vie vous semble un crime sans nom. Ces deux inspecteurs ne demandèrent même pas à Jocko de s'habiller. Il les accompagna en sandales et caleçon de bain au commissariat situé de l'autre côté de l'hôtel.

Le commissaire, un nommé Bertrand, questionna Jocko sur Byron Little. Tous les flics de Menton suivaient religieusement les épisodes de *Lamplighter*. Le commissaire avait vécu quelque temps à Chicago et parlait anglais comme une des petites frappes réformées de *Lamplighter*. Il avait un grand nez, de grandes mains et des gestes si larges et théâtraux que Jocko se demanda si Cyrano de Bergerac ne s'était pas réincarné en flic à Menton.

« Ces mannequins, M. Robinson, sont de jolies salopes.

– Ce ne sont pas vraiment des amies à moi, commissaire.

– Vous êtes arrivé avant elles. Vous avez demandé un des mannequins, une certaine Katinka Baer. Est-ce que vous faisiez du repérage pour elles, comme le poisson pilote d'une bande de requins ?

– Qu'est-ce qu'elles ont fait, commissaire ?

– Rien de précisément établi. Mais il y a eu des vols pendant leur séjour à Menton, d'étranges disparitions... des bijoux escamotés, des caisses enregistreuses vidées mystérieusement de leur argent. Et nous n'arrivons pas à trouver beaucoup d'informations sur les Manhattan Ladies... des mannequins sans passé. L'hôtel les a engagées parce qu'elles étaient une attraction bon marché. Mais j'aimerais en savoir plus. Vous êtes riche. Pourquoi serviriez-vous de couverture pour d'aussi minables escrocs ? »

Jocko regarda le commissaire dans les yeux.

« Je suis amoureux de Katinka. (Il sortit un carnet de chèques de son caleçon de bain.) Quels sont les dégâts, commissaire ?

– Les dégâts ?

– Oui. Le montant des vols. Je paierai tout. En dollars ou en francs. »

Il aurait pu être Hemingway ; il avait son tabouret personnel au bar du Princesse de Galles. Il avait déjà éclipsé le souvenir de Scott Fitzgerald à Menton. Les flics le saluaient, et les retraités reconnaissaient en Jocko le seul et unique père de Byron Little et de sa bande de *lamplighters*. Il pouvait échapper aux avocats et aux scénaristes-producteurs mais pas à l'écho implacable d'un feuilleton policier. Les femmes de chambre se mirent à considérer Jocko avec une indicible terreur, comme s'il pouvait cracher un feu spécial et les changer en autruches chanteuses ou en crapauds philosophiques. Il était devenu l'Enchanteur de Menton.

Il ne pouvait pas s'asseoir dans un restaurant sans avoir à gribouiller son autographe ou poser avec le chef. Il dut se retirer du monde de Menton, prendre ses repas dans sa chambre. Il ne répondait plus au téléphone. Il restait à mariner dans sa baignoire sans son pare-soleil.

On frappa à la porte.

« Foutez le camp », hurla-t-il.

La poignée tourna et Cyrano de Bergerac entra dans la chambre avec son propre passe.

« Cher ami, dit le chef de la police. Je m'inquiète pour vous. Il me faut vous demander de quitter Menton.

– Je n'ai commis aucun crime, dit Jocko. Et vous ne pouvez pas établir de lien entre moi et les Manhattan Ladies.

– Précisément. Vous allez dépérir à attendre comme ça. Votre fiancée est à Cologne.

– Je n'ai pas de fiancée.

– Monsieur Jocko, mes hommes ont travaillé

comme des chiens. Ne nous sous-estimez pas. Vous avez payé la note laissée par les mannequins. J'ai remboursé les parties lésées, et je ne suis pas obligé de prévenir la police allemande... Alors, aidez-nous à vous aider. J'insiste. »

C'était une cathédrale avec deux tours incendiées. Le Dôme. Elle avait survécu, comme une étrange orpheline, aux pilonnages des bombes américaines et anglaises, tandis que le reste de Cologne s'était transformé en un immense champ couleur cendre. Et la ville qui s'étendait sous sa fenêtre de l'hôtel du Dôme avait surgi des ruines comme un miraculeux gâteau animé. Mais Jocko demeurait en pleine confusion. Cologne n'apparaissait pas sur le programme que Robevitch, l'inspecteur sourd, avait volé dans le bureau de Miles Farmer. Katinka n'était pas censée venir à Cologne.

Jocko alla sur la place Alter Markt prendre un café et une part de forêt-noire. Puis il se dirigea vers le Rhin, s'assit au bord de l'eau argentée par le soleil. Il aurait pu s'ancrer ici, dans cette ville d'opérette. Ça faisait une heure qu'il était arrivé et déjà il se sentait un citoyen de Cologne. Il avait dû s'abandonner à la rêverie. Deux hommes arrivèrent par derrière, soulevèrent Jocko de son banc. Ils avaient le nez cassé et des oreilles en choux-fleurs, comme des boxeurs de comédie. Alfonso Walsh était avec eux, armé d'une énorme paire de ciseaux. Tandis que les hommes choux-fleurs lui tenaient les bras, Alfonso découpa les poches de pantalon de Jocko, qui contenaient son portefeuille, son argent liquide et ses cartes de crédit.

« Je t'avais pourtant prévenu.

– Je suis ton ange-gardien, dit Jocko. J'ai réglé toutes vos dettes à Menton. Le commissaire ne recherche même plus les Manhattan Ladies.

– Crétin, c'est lui qui t'a envoyé ici. »

Alfonso lui colla trois gnons dans la gueule et, alors qu'il s'écroulait, les hommes choux-fleurs renchérirent à coups de pieds ; Jocko dut porter les mains à son entrejambe.

Il retourna à l'hôtel du Dôme avec son pantalon mutilé, appela Santa Monica, tira son banquier du lit. « Tu es en train de craquer », marmonna Elliot Weinrib, mais Jocko n'avait pas à s'inquiéter. Deux heures plus tard, une enveloppe arrivait à l'hôtel avec vingt mille dollars en deutsche Mark.

Il s'acheta un pantalon neuf dans la Grand-Rue de Cologne, badigeonna ses plaies et tamponna ses bosses, pissa un peu de sang et fut à nouveau sur pied. Il adorait entendre la grosse cloche du Dôme, qui semblait dominer toute la ville. C'était la cloche la plus lourde du monde, avec son énorme langue battante de métal, si lourde que la tour où elle était accrochée avait dû être étayée par un échafaudage de poutrelles. Quand elle sonnait, son timbre pénétrait les rêves et on pouvait sentir tout Cologne trembler sous ses pieds. Jocko se demanda comment il avait survécu tout ce temps sans le carillon du Dôme.

Il prenait son petit déjeuner à l'hôtel, absorbant des litres de thé à la menthe, quand il aperçut les mêmes deux hommes choux-fleurs. La réaction instinctive de Jocko fut de protéger ses poches de pantalon. Les hommes choux-fleurs s'approchèrent de la table de Jocko et lui rendirent son portefeuille, ses cartes de crédit et son cash. Puis ils disparurent et un autre homme fit son entrée. Il avait aussi le nez cassé, mais il n'y avait rien de comique chez lui. Il portait un magnifique col roulé blanc et une veste de soie. Il prit place à côté de Jocko, passa commande en allemand au garçon de service, qui lui apporta illico des petits pains dans un panier bleu et un pot de thé à la menthe. Il se présenta, tendit sa paluche à Jocko.

« Lothar Schill. Je vous fais mes excuses. Il y a eu erreur. Ces clowns qui vous ont malmené sont à mon service. Ce n'est pas leur faute. Alfonso leur a empoisonné les méninges. Et personne ne m'a dit que Herr Lamplighter était en ville.

– Je ne suis pas Lamplighter, dit Jocko. Et Byron Little est un putain de cliché.

– Vous êtes modeste, fit Lothar Schill, et fâché contre moi. Mais je vous supplie de venir à mon café. Vous ne serez pas déçu. Der Papagei, sur Martinstrasse. Vous ne pouvez pas le manquer. »

Il finit son thé et disparut.

« Qui est ce type ? demanda Jocko au serveur.

– Lui ? Herr Lothar. Le roi de Cologne. »

Il fit son possible pour éviter Martinstrasse et Der Papagei. Il était amoureux de Cologne. Il traversait la place de la cathédrale, prenait son café avec un gâteau et écoutait la cloche sonner. Son timbre riche et sombre le calmait, comme un dieu protecteur de la tour. Il n'eut qu'à gratter son nom sur une carte et devint un résident permanent de l'hôtel du Dôme.

Il faisait lourd dans les rues et Jocko dut acheter des vêtements de plus en plus légers. Il se reconstitua une garde-robe. Il appela son père et ce fut le vieux policier qui répondit.

« Jocko, dit Robevitch, je n'aime pas ça. Il y a une hémorragie dans le compte en banque de ton père et je ne trouve pas où gicle tout ce sang.

– T'en fais pas. Je demande à mon banquier de faire une perfusion.

– Quand est-ce que tu rentres à la maison ?

– Bientôt. Peut-être jamais. J'habite près d'une cathédrale et ça me plaît. »

Puis, un soir de grande chaleur où il marchait à travers la ville, il se retrouva sur Martinstrasse et vit une enseigne au néon indiquant Der Papagei. C'était un perroquet clignotant qui lui rappela le tatouage des Manhattan Ladies. Et Jocko maudit sa stupidité. C'était lui le putain de cliché, pas Herr Lamplighter. Tous les mannequins travaillaient pour Lothar.

Il entra dans le cabaret, regarda les mannequins boire et danser avec les clients. Ce soir-là, elles ne faisaient pas de mode. Il n'y avait pas de podium à Der Papagei. Katinka était assise au bar avec Alfonso Walsh. Elle portait un costume noir qui l'enrobait comme l'échafaudage au pied de la cloche. Elle ne se tourna pas vers lui quand il s'approcha du bar, ne dit pas bonjour. Mais il fit volter Alfonso, lui expédia une assiette d'olives dans les yeux, le cogna une fois, deux fois, et s'enfuit du cabaret.

Il se mit à voir des hommes choux-fleurs partout, comme si la ville entière était peuplée de larbins à la solde de Lothar. Ils ne menaçaient pas Jocko, ne l'attaquaient pas ; ils se contentaient de le suivre comme une escorte d'idiots. Les hommes choux-fleurs étaient là autour de sa table de petit déjeuner, ou bien près de la cathédrale, à écouter les cloches. Il ne pouvait pas acheter une chemise ou prendre un repas sans eux. Jocko comprit le mobile derrière cette mise en scène : le Roi voulait le forcer à quitter Cologne.

Il s'était presque habitué aux fumiers quand une énorme Chrysler s'arrêta à ses côtés près de l'Alter Markt, dans la Vieille Ville. La portière arrière s'ouvrit et Jocko monta, s'assit à côté du Roi qui, cette fois-ci, portait une veste rouge. Alfonso était au volant.

« Regardez ce que vous avez fait à mon homme, dit Lothar en montrant les pansements couvrant le front et les joues d'Alfonso.

– J'aurais pu faire pire.

– Herr Lamplighter, nous sommes une grande famille, dit le Roi de Cologne. Nous devons nous tenir les coudes.

– Et Katinka, elle est aussi de la famille ?

– Elle est comme une fille pour moi.

– Une fille qui fait le trottoir ? Qu'est-ce qu'elle faisait à Menton ? Les Manhattan Ladies n'étaient qu'une couverture. Elles ne volaient pas, ne cambriolaient pas. Elles ne couchaient même pas avec le chef de la police. Elles se contentaient de détourner l'attention pendant que vos sales petites frappes mettaient à sac la moitié de la ville.

– C'est juste un truc que j'ai appris dans *Lamplighter*.

– Ouais, dit Jocko, et c'est aussi *Lamplighter* qui a fait de vous un maître du crime. »

Lothar se mit à rire.

« Pourquoi être si cruel avec vos propres enfants ?

– Ce ne sont pas mes enfants », dit Jocko.

Il sauta de la voiture sur Loreleistrasse et prit un taxi pour rentrer à l'hôtel. Son cœur battait stupidement la chamade. Il était absolument certain que Katinka était dans sa chambre, à l'attendre dans quelque tenue bohémienne que le Roi aurait choisie. La virée en voiture n'avait été qu'une ruse. Le Roi essayait de chorégraphier la petite romance de Jocko.

Mais il ne trouva pas même le fantôme de Katinka dans sa chambre, pas même un soupçon de son parfum, pas même un foulard bohémien sur son lit. Et Jocko commença à se sentir comme un orphelin à Cologne.

Il était prêt à détaler comme un chien errant, même alors que le Dôme était en train de sonner. Il fallait qu'il parte, ou il tomberait toujours plus profond dans la carambouille de Lothar. Et il était jaloux de ce Roi qui possédait le luxe d'appeler Katinka sa « fille ». Il réserva une place sur le prochain vol pour Athènes. Il avait été tellement absorbé par *Lamplighter* avant qu'on lui tire une balle dans la tête qu'il avait raté sa chance de voir le Parthénon et tous les autres berceaux de l'Occident. Il avait visité Florence avec un producteur italien, fait présence aux foires professionnelles de Barcelone et de Berlin, mais le marché grec n'était pas assez important pour avoir son propre salon. Et Jocko n'avait jamais escaladé l'Acropole avec un producteur grec.

Il pouvait *sentir* la présence du Parthénon ; il voyait un temple délabré au sommet d'une grande colline verte. Mais il ne pouvait pas faire sa valise, il n'arrivait pas à quitter sa chambre. Il attendait Katinka.

Il déjeuna sur son lit. Il arrêta de se raser. Il cessa d'écouter le Dôme.

Sa porte s'ouvrit. Il se demanda si les hommes choux-fleurs étaient venus le tuer. Il n'opposerait aucune résistance. Jocko convoitait l'obscurité. Il voulait retrouver son coma.

Plusieurs figures le dévisagèrent.

« *Mein Herr* ? » fit-il.

Il reconnut le directeur de l'hôtel et un type avec les oreilles en feuilles de choux. Elliot Weinrib. Son banquier était à Cologne. Elliot avait fait tout ce chemin depuis Santa Monica juste pour le saluer.

« Hé-ho, kid. Mets une chemise. Je te ramène à la maison. »

Il ne se souvenait pas de grand-chose du voyage de retour. Il avait une couverture sur les épaules. Puis Elliot l'amena quelque part. Ce n'était pas Malibu. Ce n'était pas Washington Square. Il ne finit même pas dans son lit. Il n'aurait pas été contre un autre petit séjour au Misericordia s'il avait pu avoir son ancienne infirmière… et des *bagels* de Farmers Market. Mais il n'était même pas dans ce foutu hosto. Et les infirmiers ressemblaient à des hommes choux-fleurs en plus grands et plus costauds.

Je suis fou, devina Jocko. Bien. Il pouvait encore raisonner un tout petit peu. Et cet hôpital ressemblait plus à un club sélect qu'à une maison de frappa-dingues. Son banquier l'avait confié à un doux asile.

« Jocko, c'est toi ? »

Il devait être dans une salle de récréation. Jocko remarqua des échiquiers, une jungle d'appareils de gym. Un homme se tenait à côté de lui, une ancienne star de cinéma, Matthew Pine, qui faisait trois à quatre millions par apparition quelques années plus tôt et avait soudain disparu de la circulation. Il était coprophage. Un cameraman l'avait découvert sur le plateau en train de malaxer sa propre merde. En tout cas, c'était ce que Jocko avait entendu dire.

Matthew Pine avait perdu ses enfants. Sa femme l'avait jeté dehors. Mais il avait été un des premiers fans de *Lamplighter* et en avait gonflé l'audimat par sa présence en *guest star* dans quelques épisodes – dans le rôle d'Oliver Grimm, un faux-monnayeur excentrique – alors qu'il était encore au sommet de la popularité.

« Mat, où on est ?

– Diamond House, une clinique très privée.

– En Suisse ou quoi ? »

La star éclata de rire.

« Ouais, dans un canton suisse du New Jersey... à deux sauts de puce de Manhattan.

– Et depuis combien de temps est-ce que tu es...

– Un pensionnaire de Diamond House ? Depuis des siècles. Jocko tu vas adorer ici. Promis juré. »

Et il massacra Jocko dans une partie d'échecs.

Il n'y avait pas de pauvres à la clinique, que des timbrés millionnaires comme Matthew et lui-même. Et Jocko se demandait à combien lui revenait sa pension dans cet asile de luxe. Il pouvait appeler en longue distance de sa chambre qui surplombait l'Hudson et donnait sur les lumières de Broadway. Il coinça Elliot à son cabinet, Weinrib & Salomon, un établissement bancaire privé qui réglait toutes les factures de Jocko.

« Elliot, est-ce que mon père a signé les papiers d'internement ?

– Il n'y avait rien à signer. Tu peux sortir de là quand tu veux. Tu es libre.

– Je ne te crois pas. Les infirmiers ont des biceps comme des œufs d'autruche.

– Ce n'est qu'une illusion. Ce sont des thérapeutes patentés. J'ai vérifié.

– Mais tu ne m'as toujours pas dit combien je raquais.

– Deux mille dix dollars par jour, dont la moitié prise en charge par ta couverture médicale.

– Et l'autre moitié ?

– Si ça t'inquiète, on grignotera une part de ton plan-retraite. Maintenant arrête de rouspéter et laisse-moi travailler. »

Jocko voulut éprouver la véracité de la théorie

d'Elliot. En deux temps trois mouvements, il était hors de la clinique. Aucun des gardes n'avait levé le petit doigt pour l'en empêcher. Il resta planté derrière la grille, suçota la moitié d'une cigarette, regarda fixement les balcons et les volets peints de Diamond House, retourna à l'intérieur, se laissa entraîner dans une partie de fléchettes magnétiques avec un des musculeux infirmiers jusqu'au moment où il aperçut Matthew dans un coin de la salle de récréation, les yeux pleins de larmes.

Il traversa la pièce et passa son bras autour des épaules de Mat.

« Qu'est-ce qui ne va pas ?

– Sais pas, fit l'acteur. Je peux pas m'empêcher de pleurer.

– Ah, c'est normal. Ta femme et tes gosses te manquent. Tu ne peux pas trouver ta propre histoire dans une clinique. Mat, il faut se tirer d'ici. »

L'acteur s'essuya les yeux.

« Tu peux partir si tu veux. Moi, je vivrai sans mon histoire. »

Il était sur sa montagne magique, dans les Jersey Palisades, et n'avait pas à se soucier du reste de la planète. De sa chambre climatisée, il regardait Manhattan trembloter au loin dans l'air surchauffé. Les jours de visite, Jocko n'avait pas de visiteurs ; pas même son père, qui préférait jouer à la belote avec son ex-inspecteur. Il avait sa solitude toute à lui jusqu'à ce qu'un infirmier frappe à la porte.

« Mr. Robinson, votre future épouse est là... c'est ce qu'elle dit. Elle est avec un homme. »

Le Roi était venu avec Katinka, qui portait une robe de mariée avec une voilette blanche, ses lunettes dorées et le même tatouage sur l'épaule. Le Roi tenait à la main des gobelets et une petite bouteille de champagne. Jocko ne pouvait pas les mettre à la porte de la clinique. C'étaient ses invités. Il les fit entrer dans sa chambre et ferma la porte.

« Ce n'est pas drôle. »

Lothar lui tendit un gobelet et versa le champagne.

« *Mensch*, pourquoi est-ce que vous nous avez faussé compagnie ?

– Ce n'est pas drôle.

– C'est un rituel. Chaque défilé se doit d'avoir une mariée.

– Vous vous produisez à la clinique ?

– Herr Lamplighter, nous nous produisons pour vous. »

Et le Roi disparut avec son gobelet. Jocko était terrifié. Katinka sirota le champagne sous son voile puis commença à se déshabiller.

« Non ! fit Jocko. Je ne suis pas comme mon père… Je n'ai pas besoin de défilé.

– Et de quoi donc as-tu besoin ? demanda-t-elle, avec une longue volute au fond de ses yeux vert pâle.

– J'ai besoin, bafouilla Jocko, j'ai besoin que tu arrêtes de me pigeonner.

– Mais tu n'es pas mon pigeon, dit Katinka. Tu es mon héros. Tu m'as sauvé de la neige.

– Laisse-moi te racheter au Roi. Peu importe le prix. Tu n'auras plus à porter de voile.

– J'adore mon voile. Et Lothar n'est pas mon maquereau.

– Je pourrais te prêter un peu d'argent. En tout bien tout honneur. Tu peux arrêter de danser et de te déshabiller devant des vieillards.

– Et ne plus le faire que pour toi… En d'autres termes, tu veux une exclusivité… Alors, je m'habille ou je me déshabille ? »

Jocko lui arracha son voile de mariée. Katinka cligna des yeux, lui éclaboussa la figure de champagne. « En tout bien tout honneur ! » Et elle s'enfuit de la montagne de Jocko avec le Roi de Cologne.

Sa volonté était à plat. Seule Inertie aurait pu le ramener à la vie, et elle l'avait laissé en carafe. Ce voile qu'elle portait lui avait fait voir rouge. Jocko n'était plus qu'un grotesque pantin dans une clinique pour millionnaires. La canicule avait gagné les hauteurs des Palisades, s'était insinuée jusque dans sa chambre. Même torse nu dans son caleçon, il étouffait. Il arrêta de lire. Pas même Gatsby ne pouvait le distraire. Il avait assez de rois, de gangsters et d'hommes choux-fleurs pour nourrir ses rêves.

Jocko était prostré dans la salle de récréation, les yeux plantés dans le mur, quand un homme avec un drôle de petit appareil derrière l'oreille entra dans son champ de vision. C'était John Robevitch, le flic de compagnie de son père.

« Merci d'être venu, John. Tu veux danser ?

– Chuut, fiston. Les murs ont des oreilles. »

Jocko regarda le sonotone de Robevitch et se mit à rire.

« Où est papa ? Il a trouvé une autre effeuilleuse pour remplacer Katinka ?

– Oublie Katinka. Ton père est en sûreté. Je risque d'avoir du mal à te kidnapper tant qu'il est dans mes jambes.

– Me kidnapper ? Robevitch, je suis un homme libre.

– On t'a mené en bateau, fiston… Lève-toi lentement, très lentement, et suis-moi.

– Je ne peux pas dire au revoir à mon ami Matthew Pine ?

– Pine, la vedette de cinéma ? demanda Robevitch. Il est dans ces oubliettes ? »

Robevitch découvrit Mat au bac à sable, lui fit signer un autographe, et se mit à diriger Jocko de plus en plus près de l'entrée de la clinique.

Deux des infirmiers bardés de biceps les arrêtèrent sur le pas de la porte.

« Qui êtes-vous ? tonna l'un d'eux. Vous n'avez pas le droit… Mr. Robinson est en dépression profonde. Il ne peut pas quitter cette institution aujourd'hui. »

Robevitch sortit un petit calibre de sa poche.

« Je crois que je viens de le guérir… Déblayez le passage, crétins.

– Monsieur, on ne peut…

– Ne jouez pas avec mes nerfs. Ils ont des sautes de tension. (Il enfonça son pistolet dans le bas-ventre d'une des armoires à glace.) Il pourrait partir tout seul. »

Les deux infirmiers s'écartèrent et Robevitch les garda en respect tandis qu'il franchissait le seuil avec Jocko et l'amenait jusqu'à une limousine garée devant la grille. Jocko distingua une silhouette à travers la vitre. Son père était assis à l'arrière comme un évêque, une couverture sur les genoux. Mr. Robinson se mit immédiatement à grogner.

« Il vous en a fallu un temps. Je commençais à me sentir seul. »

Jocko grimpa dans la limo et s'assit, torse nu et en caleçon, à côté de l'évêque.

Le petit policier avait mené son enquête. Il était tellement absorbé par sa tâche qu'il en avait presque oublié d'aller chercher Jocko à la clinique.

« Je ne t'ai pas dit ? On t'a embobiné sur toute la ligne. Et c'est ton avocat qui tire toutes les ficelles, Elliot Machinchose.

– Elliot Weinrib, et ce n'est pas mon avocat.

– Mais il est quand même après ton argent.

– Ne sois pas stupide... il est presque aussi riche que moi.

– Alors pourquoi est-ce qu'il achète à tour de bras au nom de ton père ?

– Acheter quoi ?

– La Trompe de l'Éléphant... et cette prison chic des Palisades.

– Papa est propriétaire de Diamond House et d'un cabaret ?

– Propriétaire de mes fesses. C'est Elliot Machinchose qui ramasse toutes les recettes. Il a une procuration. Je peux lancer un mandat contre Elliot. Sans blague. J'ai des kilomètres de tentacules à l'intérieur de la police.

– Seigneur, dit Jocko, on croirait entendre Byron Little. Je ne crois pas un mot de tout ça. On va kidnapper Miles Farmer. Ça au moins, c'est un plan qui me botte. »

Le petit policier se mit à ronchonner.

« Miles Farmer est un rien du tout, une demi-cacahuète.

– Mais il a des renseignements sur Katinka.

– Elle est payée par Elliot. C'est tout ce qu'on a besoin de savoir.

– Et toi, tu es payé par moi, John. On s'occupe de Miles, compris ? »

Mais Miles avait disparu corps et bien. Même les agents de Robevitch n'arrivèrent pas à lui mettre la main dessus. Il avait fermé son bureau, ne semblait pas avoir d'adresse. Robevitch devint de plus en plus irritable.

« Fiston, notre temps est compté et on a déjà perdu une semaine. Nos ennemis renforcent leurs défenses pendant que nous, on reste à se sucer les pouces.

– Miles va refaire surface. Il n'a aucun talent pour faire le mort. »

Tout compte fait, il n'était pas Mr. Lamplighter. Il n'avait pas une once de l'odieuse omniscience de Byron Little. Il était incapable de faire sortir Miles Farmer de sa planque.

« Fiston, dit Robevitch. Va falloir que tu fermes La Trompe de l'Éléphant. C'est la poche à venin de tout le système. Et faudra aussi que tu vires tous les mannequins de l'immeuble. »

Mais Jocko n'avait aucune intention de s'en prendre à la tribu des filles-perroquets. Miles serait sans doute resté introuvable sans l'aide du meilleur agent de Jocko et Robevitch : Robinson senior le découvrit qui traînait sur Washington Square sous couvert d'une fausse moustache et il l'attira dans le penthouse.

Robevitch se mit à travailler Miles dans les côtes, à lui tambouriner sur la tête.

« T'es prêt à jurer qu'Elliot Weinrib n'est pas ton chef ? »

Miles s'agrippa à Jocko, se mit à chialer à pleins seaux dans ses poches de pantalon.

« Je te le jure sur ma vie ! Je ne connais pas de Weinrib. »

Robevitch lui arracha sa fausse moustache.

« Alors, on va s'amuser à un petit jeu de suicide. Je t'amène près de la fenêtre et...

– Jocko, cria Miles, aide-moi. Je suis ton associé !

– Alors pourquoi tu as fermé boutique sans laisser d'adresse où te joindre ?

– Parce que ce foutu Lothar m'est tombé dessus avec ses sbires... tu sais, ses tocards de Cologne. Il dit que je vous ai vendu la mèche sur son coup à Menton. Il prétend que je suis grillé à Manhattan et partout ailleurs... Et notre contrat avec ABC, Jocko ? Il faut qu'on leur fournisse un script. Perry Bowles n'arrête pas d'appeler. Je n'avais pas la moindre idée d'où tu étais. J'ai des factures à payer... J'ai déjà perdu ma ligne de fax.

– On t'en installera une autre. Mais raconte un peu ce qu'il y a entre le Roi et Katinka Baer.

– Il l'a trouvée à Bonn. Elle avait quatorze ans. Son père était stationné dans une base des environs, je crois. C'était un soldat américain qui sortait des marchandises en contrebande du PX [1] pour les fourguer

1. Cooopérative réservée aux militaires sur les bases américaines, pratiquant des prix très bas pour des marchandises *made in USA* souvent convoitées localement, ce qui a toujours engendré un trafic de revente florissant. (N.d.T.)

à Lothar. Ils étaient associés dans la combine. Et puis, peut-être que le Roi est devenu trop gourmand, ou bien le papa a eu des problèmes d'argent et a vendu sa gamine au Roi…

– Vas-y, dis-le, hurla Jocko. Lothar est son maquereau.

– Non, non. Ils vivaient ensemble. C'était régulier.

– Mais ils ne sont plus ensemble maintenant.

– Comme toutes les romances, dit Miles. Ça va, ça vient…

– Qu'est-ce qu'on va faire ? Je peux pas continuer à faire attendre Perry Bowles. On va perdre notre deal à ABC.

– T'inquiète, dit Jocko. Je vais m'occuper de Perry Bowles et d'ABC. »

Il était attablé au bord de la piscine du Château Marmont en compagnie de Perry Bowles, le seigneur et maître d'ABC. Il allait souvent se réfugier au Château à l'époque de *Lamplighter* quand il était en plein milieu d'un tournage et n'arrivait pas à dormir. Duck Soup était juste en bas de la colline et, s'il avait faim, il pouvait aller se prendre un maxi jus de carotte à La Source.

« Excuse-moi de te dire ça, dit Perry Bowles. Tu planes dans ta stratosphère et moi, je dois vendre une série qui n'a ni titre, ni bible, ni vedette.

– Mais nous avons une vedette. Matthew Pine. »

Jocko entendit Perry grincer des mâchoires.

« Ce bouffeur de merde ? Je croyais que le feuilleton

était sur des mannequins sexy qui vivent dans un taudis et protègent des petits vieux contre les requins du quartier.

– Est-ce qu'il ne faut pas quelqu'un pour les protéger, *elles* ?

– Matthew Pine ! Mes avocats vont tomber en syncope.

– Il sera parfait. Un flic en disgrâce, sans retraite, qui est une sorte de super-portier dans l'immeuble des filles et connaîs tous les voyous du quartier... Perry, tu n'aimerais pas ressusciter Matthew Pine ? Ce serait la nouvelle idole de l'Amérique moyenne. La star de cinéma terrasse la maladie et prépare son come-back à ABC. Tes sponsors ne pourront pas résister à l'idée... »

Jocko aperçut une fille en bikini bleu et bonnet de bain blanc à l'autre bout de la piscine. La pâle copie de Sharon Stone, Florence Trout, avec un putain de perroquet tatoué sur l'épaule.

La queue de cochon se mit à gigoter sur le crâne de Jocko. Il se sentait animé d'une pulsion meurtrière à la vue de Florence Trout, la petite maîtresse d'Elliot... elle aussi une Manhattan Lady.

Le seigneur d'ABC continuait à déblatérer sur Matthew Pine, mais Jocko n'écoutait plus. Il se demanda si Duck Soup lui prêterait un flingue.

Il n'avait plus qu'à attendre. Florence Trout n'était pas venue nager au Château Marmont par hasard. Elliot l'avait installée là, loin de sa femme et de ses gosses. C'était assez gonflé de sa part. Il savait que Jocko adorait cet hôtel, que c'était son refuge préféré à Hollywood, et il y avait pourtant réservé un bungalow pour sa maîtresse.

Jocko attendit. Elliot arriva dans son petit coupé de ville, une Mercedes noire décapotable, se gara dans le parking même où Jocko avait rencontré son destin sous la forme d'un mystérieux assassin. Elliot, en chemise hawaiienne, sifflotait sur le chemin du bungalow de Florence. Il resta une heure, retourna à la Mercedes, où l'attendait à son tour un mystérieux inconnu. Jocko se glissa derrière lui, enfonça le manche d'un couteau de l'hôtel dans la nuque d'Elliot. Les yeux du banquier disparurent dans son crâne.

« Ne me tuez pas, s'il vous plaît. Je vous donnerai tout ce que vous voulez. »

Jocko le fit virevolter dans son siège de conducteur.

« Combien tu as payé ce tueur, hein ?

– Jocko, je t'en prie. Il faut que j'aille aux toilettes. Je suis malade.

– Excellent. J'en suis ravi. Tu m'as piqué du fric, pas vrai ? Et tu t'es aussi servi dans le compte de mon père.

– C'était une crise, dit Elliot. On avait surinvesti. On était dans le rouge sur deux ou trois opérations.

– Alors tu t'es couvert en siphonnant mon compte.

– Jocko, je te le jure sur la tête de mes enfants, il ne te manque pas un *cent*. C'était une crise passagère. J'ai remis tout ce que j'ai emprunté, plus les intérêts.

– Ah, tu es un amour. Mais comment est-ce que tu t'es branché avec Lothar Schill et ses entraîneuses ?

– On avait de l'argent allemand qui dormait, du liquide. On savait combien Lothar était puissant à Cologne, alors on a investi les marks dans un de ses night-clubs, Der Papagei.

– Des night-clubs, hein ? Le paradis du trafiquant. Comme La Trompe de l'Éléphant. C'est là que tu as rencontré Florence Trout ? Elle faisait partie de la bande aux perroquets tatoués. Et tu as utilisé ta putain de procuration pour acheter ce club pour Lothar. C'est lui qui a trouvé mon tueur ?

– Il n'y avait pas de tueur... C'était un accident, un junkie fou.

– Ouais, un accident en pleine journée, en face de Duck Soup... Tu ferais mieux de retirer l'argent de mon père de La Trompe de l'Éléphant. Ça ne me plaît pas qu'il possède un club où il n'a jamais mis les pieds.

– Jocko, je ne suis pas maître du Roi. Il a un appétit de bête sauvage.

– Eh bien, engage quelqu'un pour le mettre en cage. »

Il aurait dû foncer à Washington Square par le premier avion et monter un plan avec Robevitch pour faire tomber Lothar. Mais il ne semblait pas capable de s'arracher au Château. Il flânait dans les rayons de Duck Soup, feuilletait tous les magazines, prenait son déjeuner et son dîner à La Source et traînassait des heures au bord de la piscine. Il n'avait pas d'autre arme qu'un couteau émoussé de la salle de petit déjeuner du Château. Il se demandait si le Roi allait lui rendre visite à la piscine ou envoyer plutôt ses hommes choux-fleurs. Mais il n'y avait que de longs silences entre ses bains de soleil et ses repas.

Cela le calmait de vivre au Château Marmont. Il pouvait contempler les lumières d'Hollywood depuis sa chambre. Cela lui rappelait une piste d'atterrissage enchantée et sans fin. Il sourit quand il entendit frapper à sa porte.

« Entrez », dit-il en serrant son couteau dans sa main.

Florence Trout entra sans son bonnet de bain. Elle avait toujours son tic nerveux au coin de la bouche, mais elle était presque belle dans sa robe verte.

« Mon ange de la mort… Vous m'avez amené des fax ?

– Je ne suis pas votre secrétaire aujourd'hui. »

Il voulait l'embrasser puis lui écraser le crâne. Il fut surpris par sa propre soif de sang. Il était une bête sauvage, comme le Roi.

« Florence, dit-il, est-ce que les tueurs viendront quand on fera l'amour ?

– On ne fait pas l'amour, Mr. Robinson... J'ai travaillé pour Lothar à une époque, mais plus maintenant. Katinka m'a demandé de vous dire quelque chose : il ne faut pas que vous retourniez à New York. »

Florence Trout laissa Jocko planté là, son couteau à la main, et il se sentait floué. Il aurait voulu connaître son nom de code parmi les Manhattan Ladies. Tarentule ? Coup de fouet ? Monoxyde de carbone ?

Il prit un avion pour New York.

Il refusait d'écouter les conseils de Robevitch. Le petit policier voulait rameuter ses potes du NYPD [1] pour fermer La Trompe de l'Éléphant et isoler le Roi de ses hommes choux-fleurs.

« Laisse-moi faire une descente. Une mission spéciale.

– Non. Je parlerai au Roi. Moi tout seul. »

Robevitch se prit la tête à deux mains.

« C'est suicidaire, fils. »

Mais Jocko alla à SoHo, à La Trompe de l'Éléphant. Le club était plongé dans l'obscurité. Il n'y avait ni entraîneuses, ni pigeons à plumer, ni financiers milanais pour tomber amoureux de Katinka. Jocko était entré dans une grotte sans le moindre frisson de vie.

1. New York Police Depatement.

Puis un projecteur s'alluma et il distingua deux des complices du Roi assis au bar, des idiots tout en muscles, des hommes choux-fleurs. Ils sirotaient du vin blanc, un Leibfraumilch que le Roi devait avoir importé de Cologne. Ils adressèrent une œillade à Jocko.

« Herr Lamplighter, le Roi vous attend. »

Ils conduisirent Jocko derrière le bar dans un bureau aux murs d'un blanc aveuglant. Le Roi était assis derrière une table en marbre blanc qui n'était pas même encombrée d'un téléphone. Jocko pouvait voir son propre visage se réfléchir à la surface du marbre.

« Vous me ferez le plaisir d'être hors d'ici dès demain, dit Jocko. Vous et vos Manhattan Ladies. »

Lothar lui rit au nez. Il portait un col roulé blanc et une veste rouge sang.

« Le club n'est rien sans mes demoiselles.

– Je n'ai rien à foutre de vos demoiselles. Mon père est propriétaire de ce boxon, pas vous.

– Et si quelque chose lui arrivait, Herr Lamplighter ? S'il tombait ou avait un soudain arrêt cardiaque ? »

Jocko étendit le bras à travers le bureau pour empoigner Lothar, qui gifla sa main comme une abeille importune.

« Qu'est-ce que les Américains disent, déjà ? "Vous n'êtes pas dans ma ligue." Surveillez votre père. Ne le laissez pas seul une minute. On vous a assez vu ici. »

Et les hommes choux-fleurs portèrent Jocko jusqu'à la rue.

Elle le tourmentait, cette menace que le Roi avait lancée contre le vieux, et Jocko n'aimait même pas son père. Mais il fallait qu'il fasse quelque chose. Il consulta Robevitch.

« Tes potes du NYPD, ils peuvent monter une opération vraiment chirurgicale ?

– Ils sont imbattables, fiston, entraînés au dosage des dégâts.

– Je ne veux pas qu'ils touchent à un cheveu des dames du Roi. Combien cela va me coûter de fermer La Trompe de l'Éléphant ?

– Tu ne devrais pas parler argent à un flic. On est une confrérie. On me doit quelques faveurs. Ma carrière a été longue… Mais il nous faudra peut-être chauffer un peu le Roi.

– Chauffer ? Jusqu'à quelle température ?

– Je t'ai dit. On est des homéopathes des dégâts… On n'ira pas plus loin que ce qui est nécessaire. Pas d'enjolivures. Juste le voltage qui faut pour le chasser de Manhattan. »

Jocko n'allait pas s'apitoyer sur ce Roi qui avait

mis une gamine de quatorze ans dans son lit. Combien d'autres fillettes avait-il volées à leur papa ? Un Roi qui maquereautait pour l'amour plutôt que pour l'argent. C'est ce qui troublait le plus Jocko. Katinka était peut-être toujours éprise de ce salopard. Elle avait peut-être ce Roi dans la peau.

« Mais rappelle-toi une chose, fiston, dit Robevitch, une fois que tu as donné le signal, tu ne peux plus revenir en arrière. »

Puis Jocko fut pris de panique. Il se précipita à La Trompe de l'Éléphant. Le cabaret avait été mis en pièces. La glace qui surplombait le bar était lézardée. Il n'y avait plus un homme choux-fleurs, ni un verre de Leibfraumilch en vue. Il dut enjamber une montagne de verre cassé pour accéder au bureau de Lothar. Le Roi était ligoté à une chaise. Il avait les deux yeux fermés. Son col roulé était lacéré sur ses épaules. Ses narines étaient encroûtées de sang. Jocko appela une ambulance.

Ils étaient postés derrière l'immeuble, des bonnets tricotés à la main. On aurait dit des gosses préparant un mauvais coup. Ils avaient la figure couverte de pansements, les hommes choux-fleurs du Roi. Jocko était perplexe. Est-ce qu'ils avaient l'intention de les agresser, lui et son père, au milieu de Washington Square ? Il ne demanda même pas à Robevitch de les chasser. Jocko se dirigea vers les hommes choux-fleurs, qui se mirent à pleurer et plongèrent leur nez dans d'énormes mouchoirs.

« Herr Lamplighter, le Roi est impatient de vous voir. »

C'était Jocko qui avait accompagné le Roi à l'hôpital St. Vincent, qui l'avait fait admettre en se portant garant du paiement des frais médicaux. Aucun des médecins ne questionna Jocko.

Il retourna à St. Vincent, s'assit avec le Roi dans une chambre individuelle qui donnait sur les obélisques de Wall Street. Le Roi avait les bras et les jambes dans d'énormes plâtres. La moitié de sa tête était bandée. Il ne pouvait pas absorber d'aliments solides. Il lui fallait se nourrir avec une paille.

« Herr Lamplighter, dit-il avec un faible sourire. Vous auriez dû me dire que vous étiez un protégé de la Famille. Je croyais avoir de bonnes relations mais la mafia était derrière vous.

– Ce n'était pas des gangsters, Herr Lothar. C'était des flics.

– Alors, chapeau. Vous êtes le Roi de New York... Mais qu'est-ce que nous allons faire du cabaret ? Toute ma famille va être sans travail.

– Je vais pleurer sur leur sort, Lothar. Mais pourquoi avez-vous volé Katinka à son papa ? Elle avait quatorze ans.

– *Mensch*, son père adoré était mon associé. Le bon sergent Baer. Il couchait avec sa fille.

– Taisez-vous, dit Jocko.

– Au moins, elle était un peu plus heureuse avec moi.

– Je vais appeler les flics. Ils finiront le travail.

– Mais ça ne résoudra pas le problème, Herr Lamplighter. Qu'est-ce qu'on peut faire du cabaret ? »

Le Roi et toute sa famille pouvaient aller au diable. Mais une sorte de culpabilité commença à ronger Jocko. Il ne voulait pas laisser les filles perroquets sans ressources. Il alla trouver Robevitch.

« John, combien ça me coûterait de retaper La Trompe de l'Éléphant ?

– Quoi ?

– De réparer les dégâts. Je peux embaucher tes potes du NYPD ?

– Les mêmes garçons ? Non. Il va falloir que je parle à une des équipes de charpentiers. Mais, à mon avis, tu es cinglé.

– Cinglé ou pas, je voudrais prendre en main La Trompe de l'Éléphant. Au moins pendant quelque temps. Papa est propriétaire, non ? Pourquoi rester sans rien faire à le regarder pourrir ? »

À quoi bon se disputer ? Robevitch économisa sa salive. Il disparut pendant cinq jours, laissa le vieux Robinson aux bons soins de son fils, puis il invita Jocko à le rejoindre au cabaret.

Il n'y avait plus un morceau de verre cassé par terre. Tout avait été déblayé. La glace derrière le bar luisait comme une belle nuit silencieuse. Il alla sur la pointe des pieds jusqu'au bureau du Roi en se demandant ce qu'il allait trouver. Les murs étaient toujours d'un blanc éblouissant. Il s'assit à la grande table du Roi, regarda fixement le reflet de son visage dans le marbre blanc. Une terreur l'étreignit. Que faire ? Il avait dirigé une série télé, mené des scénaristes, des acteurs et des techniciens à la baguette. Il pouvait visionner des rushes, faire surgir un fil narratif du chaos le plus complet. Mais il ne comprenait pas le chaos particulier d'un cabaret.

Il entendit une sonnerie de téléphone. Elle aurait pu venir du fond d'un océan. Il fouilla dans les tiroirs du Roi, découvrit un minuscule appareil.

« Allô, fit-il.

– Boss, c'est vous ? Qu'est-ce qu'on fait pour le Schenley et le Schlitz ? J'en ai cinquante caisses. On bazarde ou on livre ?

– On livre », dit Jocko, et il raccrocha.

Après tout, il était le boss, Herr Lamplighter. Le monde commença à affluer au cabaret, clients et employés. Tout à coup, un barman apparut, suivi d'un videur, puis les filles, qui dévisageaient Jocko avec une certaine curiosité étonnée. Elles l'embrassaient sur la bouche, lui frôlaient le genou au passage comme des serpents sexy. Même Alfonso Walsh arriva et Jocko eut envie de lui défoncer le crâne, mais il lui souhaita la bienvenue. Il n'avait pas le droit de déchirer la famille.

Bientôt, le cabaret fut plein à craquer tous les soirs. Jocko restait dans son bureau, en seigneur de son imagination, portant costume de satin et chemise de soie. Les hommes choux-fleurs frappaient à sa porte, apportant des liasses de billets que Jocko enfonçait dans ses poches de pantalon. Il payait toutes ses factures en liquide et, quand il le fallait, plongeait la main dans ses propres réserves. Il ne posait pas de questions. Il offrit à La Trompe de l'Éléphant une fluidité que le cabaret n'avait jamais eue.

Des huiles de la pègre venaient danser au club, payaient toutes leurs consommations, suppliaient Jocko de s'asseoir à leur table. Des politiciens se mirent à fréquenter La Trompe de l'Éléphant partageant leur table avec des commissaires de police adjoints. Jocko but le champagne avec eux. Il semblait jouir de la protection d'un manteau doré. Il engagea des musiciens, vira un caissier qui ponctionnait les recettes. Il fila un coup de poing à un type qui pelotait des filles, leur aspergeant les cuisses de whisky. Il avait trouvé sa vocation. Il ne s'était jamais autant amusé dans la vie. Mais Katinka Baer continuait à lui manquer. Aucune des autres filles perroquets ne connaissait ses coordonnées. Inertie allait et venait au gré d'un vent mystérieux. Et Jocko n'avait pas le compas qu'il fallait pour cartographier ses trajets. À quoi bon porter un costume de satin s'il ne pouvait pas avoir Katinka auprès de lui ?

Son père fit une visite au club en pyjama, vit les escrocs et les filles perroquets, vit son propre fils habillé de satin et se mit à pleurer. « Mon pauvre, pauvre enfant. Tu aurais dû rester en Californie avec tes sandwichs au tofu. Tu as l'air d'un malfrat sorti du plateau d'un de tes feuilletons. »

Mais Jocko ne voulait pas renoncer au satin et à la soie. Il traversa l'Hudson avec les hommes choux-fleurs du Roi, qui travaillaient maintenant pour lui, et emprunta Matthew Pine à sa prison chic des Palisades. Mat avait besoin de quelques répétitions et d'être rassuré.

« Tu feras du bon travail. Tu auras un salaire et un ou deux pour cent du budget.

– Mais tout le monde va rigoler, Jocko. Tu sais ce que les gens vont dire. Le bouffeur de merde est de retour. Ça va puer sur les ondes.

– Personne ne rigolera. »

Il s'envola à L.A. avec Mat, rencontra les ogres d'ABC, qui retinrent leurs sourires ironiques devant Jocko. Même leur maître, Perry Bowles, était la douceur même.

« Jocko, est-ce qu'on a un nom pour cette série ?

– *Manhattan Ladies.*

– Mais ça va contre nos statistiques, fit un des ogres. Est-ce qu'on ne va pas perdre le reste du pays ? Elles sont censées être des filles bien. »

Perry Bowles lui rabattit le caquet :

« Robert, ce *sont* des filles bien. Jocko nous donne une leçon de géographie. Si on les appelle "ladies", elles connaîtront une célébrité et un respect immédiats dans tous nos marchés essentiels… Mat, qu'est-ce que vous en pensez ? »

Matthew Pine essuya sa lèvre trempée de sueur.

« Perry, je ne suis qu'un joueur. J'écoute toujours mon équipe. »

C'était Jocko qui lui avait fait mémoriser ces deux phrases et, maintenant, les ogres avaient changé d'avis sur Mat : cette star déchue était essentielle à *Manhattan Ladies.*

Jocko reprit l'avion avec Matthew Pine, le ramena à la clinique. Il se fichait de ce que son père pouvait bien en penser. Il enfila son habit de soie et de satin et alla au club. La Trompe de l'Éléphant était déjà bondé. Il sentit une curieuse électricité autour de la chair parfumée des Manhattan Ladies. L'une d'elles dansait avec un des habitués, un riche cocaïnomane. Son corps évoluait dans sa cadence particulière. Le cocaïné ne trouvait pas de rythme commun avec Katinka Baer.

Il commençait à comprendre leurs signes et leurs symboles. Les noms de code et les tatouages. Ce perroquet n'était pas un label de beauté ou une enseigne lumineuse pour attirer le chaland. Il marquait leur appartenance à l'ordre des messagères – des filles qui ne pouvaient pas être malmenées par la pègre de Manhattan ou les bandes organisées de Berlin. Elles transportaient de la marchandise d'un lieu à l'autre, séduisant les hommes et les femmes qu'il fallait séduire. Elles ne se déshabillaient pas gratuitement pour des inconnus. Elles se trémoussaient sur un podium de défilé puis couchaient avec un banquier de Cologne ou la femme du banquier. Elles n'avaient réellement aucune inhibition sexuelle, ces mannequins ambulants qui avaient mis en scène leur propre défilé. C'est pourquoi il y en avait toujours plusieurs qui manquaient à l'appel. Mais si Lothar était à St. Vincent avec les mains et les pieds cassés, qui donc continuait à faire tourner son affaire de contrebande ?

Les hommes choux-fleurs restaient muets à ce sujet et Jocko ne voulait pas faire pression sur les filles. Il observait et attendait, comme l'aurait fait Byron Little. Il ne faisait pas d'avances à Katinka, ne la suivait pas sur la piste de danse. Il n'aurait pas su entrer dans son rythme, il se serait senti aussi ridicule qu'une marionnette de soie et de satin.

Il restait dans son bureau, derrière la dalle de marbre qui aurait pu être celle d'une tombe, et Katinka vint à sa rencontre. Elle descendit la fermeture Éclair de sa robe, la jeta à Jocko. Il était comme un chien affamé, le nez plongé dans sa sueur et son parfum.

« Tu tuerais pour moi, Mr. Lamplighter ?

– Oui, dit-il. Si j'étais d'humeur.

– Et de quelle humeur es-tu maintenant ? »

Il ne pouvait s'expliquer pourquoi cette fille aux yeux vert pâle était la seule personne au monde à pouvoir le tirer de son coma.

« Ça m'excite… dit-elle. Lothar à l'hôpital et toi aux commandes. Tu me mordras si je ne suis pas sage ?

– Oui.

– Tu me donneras tout ce que je désire ?

– Tout. Oui. »

Elle grimpa par-dessus le marbre et fit l'amour à Jocko, à cheval sur ses genoux.

Il ne quittait quasiment plus son repaire. Il adorait Katinka dans sa salle de bains privée du club, l'étreignait contre le mur jusqu'à ce qu'ils hurlent tous les deux comme des lions fous d'amour. Jocko se demandait s'il était en train de sombrer dans un autre coma avec Katinka Baer. Il changeait à peine de vêtements.

Il ne pouvait plus vivre sans son odeur, sans cette puanteur magnifique de leurs ébats amoureux.

Lothar débarqua sans prévenir et Jocko se maudit de n'avoir pas passé plus de temps avec lui à l'hôpital. Il ne lui avait rien apporté, ni fleurs ni livre. Le Roi avait des plâtres aux mains qui ressemblaient à des gants de boxe. Il posait devant la glace, se mettait à combattre un ennemi invisible et disait : « C'est un miracle. Je suis remonté sur le ring. »

Jocko installa une autre table de travail dans l'ancien bureau du Roi et ils s'assirent face à face. Le Roi ne pouvait strictement rien faire sans ses mains ; les filles perroquets et les hommes choux-fleurs répondaient au téléphone, le nourrissaient, lui grattaient le dos. Il ne convoitait pas Katinka.

« Herr Lamplighter, dit-il. Je suis content pour vous.

– Parlez-moi de la contrebande.

– Il n'y a rien à dire.

– Les filles disparaissent, transportent de la marchandise, font leur petite danse et reviennent au club. À qui appartient la camelote, hein ?

– À tout le monde, Herr Lamplighter. Et à personne. C'est la nature de la contrebande. Elle est universelle, comme l'argent de poche.

– Et Der Papagei est la plaque tournante, n'est-ce pas ? Le QG des Manhattan Ladies.

– Vous vous trompez, Herr Lamplighter. Mais j'ai des fourmis dans les jambes. Je crois que je vais retourner à Cologne.

– Sans Katinka, dit Jocko.

– *Mensch*, je ne suis pas une sangsue. Je ne vous volerais pas votre fiancée. »

Ses bras étaient couverts de bleus. Elle avait disparu pendant une semaine, repartie pour une de ses expéditions fantomatiques dont les Manhattan Ladies avaient le secret. Elle portait des lunettes noires au cabaret, et Jocko ne pouvait pas en tirer un mot. Il l'épongeait dans sa baignoire particulière et tout son corps frissonnait tandis qu'il caressait ses contusions.

« Tu m'aimes ? demanda-t-il comme un petit mendiant. Juste un peu ? »

Elle rit pour la première fois depuis son retour de voyage et enleva ses lunettes noires dans son bain. Son œil gauche était enflé. Il y avait de petites coupures tout autour des paupières comme si un forcené avait essayé de lui dessiner un nouveau visage.

« On ne peut pas aimer un homme, dit-elle. Ce sont tous des serpents. »

Jocko devait se défendre.

« Je ne suis pas un serpent. (Il avait un gant de toilette comme une moufle sur la main.)

– J'oubliais, dit-elle. Tu es mon prince de velours.

– On pourrait s'en aller… faire un voyage en Grèce. Alfonso ferait marcher le club pendant notre absence. Tu n'aurais plus à être une des Manhattan Ladies.

– Et qu'est-ce que je serais, Mr. Lamplighter ? Ta petite épouse ? Tu m'exhiberais à la ronde au bout d'une laisse ?

– Jamais, dit Jocko, comme piégé dans le bloc des accusés d'un sinistre tribunal. Je ne te ferais jamais de mal. Je ne te montrerais jamais en spectacle.

– Arrête de t'inquiéter. Je suis folle de toi, dit-elle. Tant que tu portes ton costume de velours.

– C'est du satin », dut corriger Jocko.

Il tremblait tout en épongeant Katinka dans son bain, il tremblait dans son sommeil. Il savait que le Diable était dans les parages, mais où exactement, c'était difficile à dire. Le territoire de Jocko s'était étendu exponentiellement depuis l'époque de *Lamplighter*, où il vivait entre l'autoroute de Santa Monica et Muscle Beach. Le Diable pouvait être partout – sur Wooster Street, à Cologne ou à Menton. Jocko câlinait Katinka, embrassait ses marques bleues, tout en sentant l'approche d'un formidable orage. On était en novembre, quelques jours après la fête d'Halloween, où les filles du club avaient porté des masques effrayants, et il n'avait toujours pas vu le moindre flocon de neige ni entendu hurler le vent.

Puis l'orage arriva, avec sa configuration particulière : un homme en manteau de fourrure, qui avait les pâles yeux verts de Katinka... et deux gardes du corps. Des soldats, ne put que constater Jocko – des gendarmes militaires chargés de la garde des dépôts.

Le Diable avait des cheveux gris fer. Les filles perroquets s'écartèrent sur son passage, mais il attrapa Katinka, fit semblant de la frapper et elle se cacha derrière Jocko, essaya de masquer son corps, de se rendre invisible.

« Comment va ma petite fille ? »

Jocko lui fit un salut militaire.

« Bienvenue, sergent Baer. »

Le Diable renifla autour de lui.

« J'ai entendu quelqu'un parler ? À qui ai-je l'honneur ?

– Herr Lamplighter.

– Ah, le type qui consomme ma fille, Jocko le millionnaire… Eh bien, il va falloir te séparer de quelques-uns de tes millions. Je ne la vends pas bon marché.

– Elle ne vous appartient pas. »

Le Diable pinça un de ses gardes du corps.

« Quel humour. Toutes ces fillettes m'appartiennent, si tu avais une demi-cervelle, tu comprendrais que tu m'appartiens aussi. Tu as vingt-quatre heures pour trouver le liquide. Sinon, je pourrais perdre patience avec Katinka. »

Ce n'était pas une question d'argent. Jocko avait les moyens de racheter tout le fonds de commerce du Diable, de le mettre hors circuit pour toujours. Mais il ne payerait pas le sergent Baer pour qu'il ne batte plus Katinka. Le Diable avait couché avec sa propre fille et Jocko décida de le payer avec une autre sorte de monnaie. Il alla trouver Robevitch.

« John, je voudrais que cet enfoiré soit nettoyé.

– Je ne peux pas mouiller le NYPD là-dedans, fiston. Tu as déjà abîmé leur dernier boulot. Tu as amené ce Roi à l'hôpital alors qu'il n'était pas censé quitter le club vivant. On ne va pas buter un soldat pour toi. L'armée américaine est hors secteur.

– Mais c'est un voleur. Il pille ses propres dépôts, il trafique toutes sortes de camelotes. C'est pour ça que les filles sont importantes pour lui. Elles font sa contrebande.

– Il est quand même protégé. Nos généraux adorent l'Allemagne. Ils peuvent faire une fortune avec le bon officier d'approvisionnement. Notre réputation souffrirait si on se mettait à massacrer des patriotes.

– Alors je n'ai plus qu'à le laisser la battre ?

– Neutralise-le un moment, dit Robevitch. Écris-lui un petit chèque. On pensera à quelque chose. Tu es allé à l'université. Tu n'as pas un camarade de promo au Département d'État ? Parce que si on pouvait muter ce connard hors d'Allemagne, il serait cassé.

– Je pourrais peut-être verser cinq ou dix millions au Fonds de soutien démocrate ?

– Non, dit Robevitch, ce serait trop voyant.

– Alors je suis foutu. Je ne le payerai pas. Et il la battra à mort.

– Non, pas tant que Robevitch respire encore », dit le petit policier, qui devait donner une claque à son sonotone pour s'entendre parler.

Il envoya Alfonso lui acheter un pistolet. Non qu'il sache vraiment tirer. Il n'avait ni tué ni blessé, que ce soit un homme, un oiseau ou un papillon. Jocko était un végétarien qui ne supportait pas le massacre des porcs ou des agneaux. Comment aurait-il pu songer à transpercer le cœur du Diable ? Il restait dans son bureau à attendre le sergent Baer. Et le cabaret se mit à se vider autour de lui. Les barmen rendirent leur uniforme. Alfonso se mit en congé maladie permanent. Les filles perroquets trouvèrent une autre planète. Il n'avait plus un seul plongeur pour lui amener une tasse de café. Il commanda deux portions de « Délice de Bouddha » au restaurant chinois du coin. Il lui fallait bien cette muraille de légumes à la vapeur pour tenir tête au Diable. Mais ce ne fut pas le Diable qui frappa à sa porte. Ce fut Katinka avec ses lunettes noires. Elle n'était pas partie avec les Manhattan Ladies.

« Mr. Lamplighter, vous feriez couler un bain pour une fille ? »

Elle se déshabilla devant lui, se tint comme un animal nu, une biche à deux pattes, et le cœur de Jocko palpita d'amour fou.

Il la mit au bain avec une timidité de débutant. Il la fit asseoir dans le bassin de faïence et l'épongea avec un gant de coton blanc.

« Jocko, dit-elle, prends tous tes livres de compte et va-t-en. Fais comme si tu ne m'avais jamais connue.

– Plutôt mourir, dit-il.

– Tu mourras si tu t'obstines à rester… Lothar et mon père se sont servis de moi pour t'appâter. Je suis leur petite machine. Ils avaient prévu que tu tomberais amoureux… un pauvre nabab de la télé qui sortait de six mois de sommeil. Ils m'ont réglée pour être ta sirène.

– Sirène, murmura Jocko.

– Ils n'arrivaient pas à décider s'ils allaient te plumer vivant ou bien t'assassiner et te voler ensuite. Mais mon père a perdu la tête. Il va te tuer pour le plaisir. Il sait que je t'aime un petit peu, et ça le met hors de lui quand je commence à aimer un homme. »

Elle sortit de la baignoire, remit ses lunettes noires.

« Quoi que tu en penses, ne donne pas d'argent à mon père. »

Puis elle disparut.

Le Diable revint avec ses deux gardes du corps. Cette fois-ci, ils portaient un uniforme à tresses d'or et boutons d'apparat. Le Diable lui-même avait trois rangées de rectangles métalliques de toutes les couleurs. Les gardes du corps avaient des holsters à la hanche. Le Diable fit un clin d'œil à Jocko et ferma la porte derrière lui.

« Est-ce que quelqu'un est venu te donner un pitoyable conseil ?

– Une sirène, dit Jocko.

– Eh bien, cette sirène ne reviendra pas de sitôt. Tu as l'argent, Herr Lamplighter ?

– Voyons voir. Je pourrais te prêter dans les deux mille, papa… à dix-huit pour cent.

– Qui parle de papa ? »

Une poignée tourna derrière le Diable et un homme sortit des toilettes de Jocko en caleçon et tunique militaire. Il n'avait aucun des ornements du Diable, hormis des étoiles d'or à l'épaule.

« Jocko, dit-il, je ne peux pas bouger mes entrailles avec tout ce ramdam. »

Le Diable se redressa et se mit au garde-à-vous. Les gardes du corps étaient pétrifiés.

« Général Walker, fit l'homme. Mais vous pouvez m'appeler Hiram. On est entre amis. Je suis au Pentagone, à la Trésorerie générale. Je ne veux pas savoir vos noms ou vos numéros d'identification. Tout ce que je sais, c'est que vous êtes à l'approvisionnement et que vous volez vos propres unités. Mais vous ne pouvez pas voler Jocko. Il est allé à l'école avec le petit frère de ma femme et on lui est entièrement dévoués. C'est clair ?

– *Yes, Sir!* cria le Diable.

– Et qu'est-ce qui arriverait au soldat qui lui ferait du mal ?

– Ce soldat serait dans un sacré merdier, *Sir.* »

Le sergent Baer sortit avec ses deux gardes du corps et le général enfila son pantalon.

« Allez viens, dit-il, on a de la dinde ce soir. Je ne veux pas être en retard. »

Jocko le conduisit en voiture sur l'autre rive de l'Hudson, par le Washington Bridge.

« Jocko, dit le général, et s'ils découvraient le subterfuge ? Ils ont déjà vu des vrais généraux.

– Tu as été parfait, Mat. Tu les as complètement paralysés. Ils sont encore sous le choc. La seule chose dont ils se souviennent, c'est d'un général qui les a reçus en caleçon. »

Matthew Pine courut vers la clinique avec son uniforme. Personne ne se retourna sur sa tunique militaire.

Il était comme un maître d'échecs qui avait feinté tous ses adversaires. Mais, à présent, il se retrouvait avec un night-club défunt sur les bras. Il ferma La Trompe de l'Éléphant, cadenassa la porte d'entrée. Il se baladait avec des dépliants de voyage dans la poche, songeait à Athènes et à Prague, mais il n'était pas d'humeur à regarder le soleil couler derrière l'Acropole ou à partir en quête du fantôme de Kafka.

Il gribouilla un pilote pour la série *Manhattan Ladies* en moins d'une semaine, ajouta le nom de Miles au sien sur la couverture, et l'envoya à ABC. Perry Bowles le rappela moins de vingt-quatre heures plus tard.

« J'adore, Jocko. Quand est-ce qu'on peut avoir Mat ? Il est prêt à passer contrat pour cinq ans ?

– Mat montera à bord. Il est dans mon équipe. »

Mais l'enthousiasme de Bowles l'effraya. Il lui faudrait redevenir producteur. Il pria presque pour qu'un autre assassin l'alpague devant Duck Soup. Une balle dans la tête était sans doute le meilleur remède. Il passa Noël à jouer à la belote avec son père et Robevitch, qui n'en revenait pas que Jocko s'en soit sorti vivant sans l'aide du NYPD.

Puis Herr Lamplighter prit l'avion pour Cologne. Il se sentit apaisé quand il entendit la cloche du Dôme, comme un rugissement à travers tout son corps. Il ne bougeait pas de sa chambre d'hôtel, ne répondait pas au téléphone. Et, le soir du Nouvel An, il traversa l'Alter Markt en direction de Der Papagei. Les filles perroquets étaient au bar. Le sergent Baer était seul, en uniforme, et ne réagit pas à l'entrée de Herr Lamplighter. Lothar sortit de son bureau avec de grandes moufles blanches.

« *Mensch*, tu peux duper un abruti de soldat mais pas le Roi. Il n'y a pas de généraux dans ta famille.

– Où est Katinka ?

– Tu n'atteindras même pas la porte. Je te suçerai

les yeux avec un aspirateur. Je te donnerai à bouffer aux…

– Où est Katinka ? »

Puis elle apparut, vêtue d'une robe rouge, sans ses lunettes noires, avec des marques violettes autour des yeux. Elle ne sourit pas à Jocko. Un gangster local se mit à danser avec elle. Jocko écarta le type d'une chiquenaude.

« *Mensch*, fit-il, c'est ma femme. »

Il enlaça Katinka, toucha le perroquet sur son épaule. Elle semblait fiévreuse.

« Est-ce que je ne t'avais pas prévenu, Mr. Jocko ? Et tu sautes à pieds joints dans le nid de vipères.

– Vis avec moi. »

Elle lui rit à la figure, mais ce n'était pas un bruit moqueur ou amer. Son rire sonnait comme la cloche mélancolique du Dôme.

« Pauvre fou, j'ai perdu mon corps depuis l'âge de dix ans. Je suis pire qu'une acrobate du sexe. J'ai couché avec…

– Qui te donnera ton bain ? Qui t'épongera le dos ? »

Elle se mit à pleurer.

« Pas de demande en mariage, dit-elle. Je t'en prie. »

Et elle dansa avec Jocko, un œil bleui battant contre son épaule comme un oiseau-mouche.

Quand Jerome Charyn passe "de l'autre côté du miroir"

Alice, l'héroïne de Lewis Carroll, profitait en plein été de l'heure de la sieste pour traverser le miroir de sa chambre et découvrir un monde qui, bien qu'étrange, puisque nombre de ses certitudes s'y trouvaient infirmées, ne la surprenait pas vraiment. Mais, à la vérité, pour Lewis Carroll, le vrai problème n'était nullement le dépaysement ou la perplexité de la ravissante enfant issue de ses songes, mais le fait de savoir si son intrépide petite fille se réveillant soudain de son rêve pourrait déterminer si elle se trouvait dans le monde réel ou bien dans le miroir. Pour le deviner, Alice aurait dû avoir autant de connaissances que son créateur sur la symétrie dans l'univers, sur la réunion des opposés. Grave question qui préoccupe depuis des décennies aussi bien les spécialistes des coquillages senestres qui ont le toupet, contrairement aux autres, de s'enrouler dans le sens inverse des aiguilles d'une montre, que les mathématiciens, les astrophysiciens, les biologistes, les chimistes. En somme, il y a de la symétrie dans l'univers, mais elle est capricieuse et souvent… asymétrique.

Il en va de même pour le monde où baignent les héros de Jerome Charyn, qu'il s'agisse d'Isaac – pour ne parler que du plus célèbre –, son flic au yeux bleus, tourmenté par un ver solitaire nourri et apprivoisé au lait frais, ou de Jocko, un richissime scénariste de médiocres séries télévisées à succès, expédié dans le coma par un coup de pruneau en plein front, dès les premières lignes de cette *Romance.* Pendant six mois, Jocko dort, puis se réveille subitement en réclamant des *bagels*, cette spécialité boulangère importée à New York par les Juifs d'Europe de l'Est, au début de ce siècle.

Jocko, qu'une bande de malfrats a voulu occire pour prendre possession de sa fortune, produit de son infatigable « graphomanie » propre à calmer le fort appétit des Américains pour les séries télévisées de troisième ordre, se trouve métamorphosé en un instant par l'apparition, dans un bar, d'une grande blonde aux yeux verts, porteuse d'un tatouage en forme de perroquet sur le haut du bras.

De qui donc Jocko, le héros d'*Une Romance*, serait-il la symétrique figure ? Disons tout d'abord que Charyn a lui aussi tâté de ce genre-là, lorsqu'il adapta à Hollywood les aventures d'Isaac pour le compte d'une société de productions télévisuelles qui alla jusqu'à tourner ce qu'en jargon de métier on appelle un pilote. L'affaire eut donc l'air de prendre un tour tout ce qu'il y a de plus prometteur, avant de capoter. Charyn en connaissait donc un rayon sur l'atmosphère qui règne dans les bureaux des maisons de production à Hollywood, quand il entreprit de se déguiser en Alice pour suivre son Jocko de l'autre côté du miroir.

Prudent, il ne s'est cependant jamais lancé sans bagages. L'univers dans lequel il aime promener ses personnages est souvent vulgaire, mais ses vade-mecum s'appellent James Joyce, pour les nombreuses aventures d'Isaac, Scott Fitzgerald et Ernest Hemingway, pour les tribulations de Jocko. Escorté d'ombres tutélaires aussi puissantes, Jerome Charyn poursuivant Jocko de l'autre côté du miroir tel Alice, le lapin à la montre de gousset, ne s'étonne pas vraiment des coutumes et des lois qui règnent dans les lieux successifs qu'il traverse comme par magie. Le rêveur qu'il est transcrit au réveil, sur le papier, la trace de ses songes qui sont sans nulle doute des contes pour grands enfants. Il identifie les personnages qu'il rencontre sur son passage sans éprouver la gêne que pourrait susciter l'incohérence, la discontinuité du temps et de l'espace pour un esprit cartésien.

Oui, on trouve tous les ingrédients du conte dans ce récit où le bon héros sincèrement amoureux, mais pas idiot, et même très futé, déjoue toutes les conspirations pour retrouver sa bien-aimée. Mieux, il sort vainqueur de la mort – puisque l'amour est éternel –, justicier des méchants qui sont punis, mais pas trop. Il ne faut pas neutraliser tous les mauvais bougres, sinon l'action ne pourrait plus rebondir, et Jocko comme le lecteur mourraient d'ennui. Les méchants, dans les contes, sont plus nécessaires que les bons. C'est grâce à eux qu'on suit leur trace et qu'on soupire d'aise lorsque enfin ils s'embrassent ou s'enlacent. Bien entendu, nous sommes à l'ère des fusées, et l'amour, tout courtois qu'il soit chez Charyn, en vient immédiatement au fait.

Certes, on se déshabille sans chichis ni déclarations enflammées préalables, et on passe, sans préliminaires, au vif du sujet. Mais, oh surprise ! rien n'est moins privé de sueur et de sperme que les étreintes de Jocko et d'Inertie, l'énigmatique jeune fille au perroquet tatoué sur l'épaule. On ne retrouve pas dans leurs enlacements la sensualité qui ferait naître le désir et chavirer le lecteur. C'est que Jocko est tout ce qu'il y a de plus sentimental, de plus délicat. Contempler sa belle nue dans sa baignoire, l'aider à se savonner, à se rincer, la porter au lit, rappelle les gestes du Prince Charmant, écartant les branches et les ronces pour atteindre la couche où repose sa bien-aimée.

La preuve encore que nous sommes au cœur d'un tendre conte, c'est que les flics sont de bons et honnêtes flics qui ne se commettent pas dans n'importe quel coup crasseux. Ces pros ont de l'honneur.

Et les vrais méchants, les vrais de vrais, ceux que Charyn fait cuire à petit feu jusqu'à la fin, sont ceux qui maltraitent les femmes, qui les prostituent, les frappent, les réduisent en esclavage, abusent de leur corps et de leur âme pour amasser des fortunes.

En somme, Jocko est un esthète, un contemplatif, certes gâté par la vie, qui voudrait simplement voler au secours des demoiselles frappées, violentées par les mâles. Au regard de cette mission, les péripéties n'ont pas besoin d'être placées sous le signe de la crédibilité et de la logique. Voilà pourquoi il me paraît abusif et faux de qualifier Charyn d'écrivain de polars. Il est même tout à fait le contraire : un poète.

Charyn a grandi dans le Bronx auprès de parents extrêmement pauvres, venus du monde juif d'Europe orientale. Dans ce vaste courant migratoire, ils ont occupé une place tout à fait singulière puisqu'ils n'ont jamais réussi à conquérir un peu de confort dans ce que les Juifs de cette époque appelaient en yiddish *die goldene medine*, « le pays d'or ». Charyn-père était un artisan fourreur un peu fruste, objet de la part de son fils de sentiments peu amènes, qu'on retrouve au détour d'une phrase sous la plume de l'écrivain. Ainsi, à propos de Jocko, il écrit : « Et il se trouvait d'une humeur meurtrière chaque fois qu'il pensait à son père. » Tandis que Mme Charyn, *La Belle Ténébreuse de Biélorussie*, a inspiré à l'écrivain un de ses livres les plus tendres, quoique la tendresse, le plus souvent parée des oripeaux pudiques de la dérision, soit le sentiment que Charyn partage le plus souvent avec ses héros.

Mais autant que les personnages et les êtres qui les lui ont inspirés, c'est avant tout la ville de New York qui a fasciné l'enfant du Bronx, ivre de ses aventures dans ses rues et ses terrains vagues, bouleversé par sa diversité humaine, sa violence, sa monstruosité, mais aussi envoûté par l'immense charge d'amour qu'elle était capable de lui donner. En fait, c'est du violent kaléidoscope des entrailles de New York que surgit l'œuvre de Charyn, comme si c'était avec elle qu'il l'avait réellement enfantée.

Myriam Anissimov

Repères biographiques

Jerome Charyn, né à New York dans le Bronx en 1937, partage son temps entre Paris et New York. Il est l'auteur d'une vingtaine de romans, de deux essais – *Metropolis* sur New York, et *Movieland* sur Hollywood –, de deux livres pour enfants et de plusieurs bandes dessinés en collaboration avec François Boucq – *La Femme du Magicien*, *Bouche du diable* –, avec Loustal – *Les Frères Adamov*.

La série policière qui l'a fait connaître initialement en France – *Marilyn la dingue*, *Zyeux-Bleus*, *L'Éducation de Patrick Silver*, *Isaac le Mystérieux* – a été réccemment réunie en un seul volume dans la Bibliothèque Noire (Éditions Gallimard). Mettant en scène le commissaire Isaac Sidel, elle constitue un portrait mythique de New York.

Avec *Frog* et *Elseneur*, Jerome Charyn a inauguré une seconde saga dont le personnage central, Sidney Holden, est un tueur professionnel en quête de son identité et du sens de ses actes.

Les prémisses d'*Une Romance* lui ont été inspirées alors qu'il travaillait à l'adaptation pour la télévision de son roman *Un bon flic* pour le compte de Columbia Pictures Television.

Jerome Charyn, après des études à l'université de Columbia, a enseigné la technique romanesque à Princeton et à l'université de New York ; actuellement, il enseigne l'esthétique du cinéma et la littérature policière à l'Université américaine de Paris.

Architecte de formation, Loustal (né à Neuilly-sur-Seine, en 1956), est l'auteur de nombreux albums de bandes dessinées. Outre Charyn, il collabore notamment avec Paringaux et Fromental. Passionné par les voyages aux quatre coins de la planète, il en relate quelques-uns dans ses *Carnets de voyages*.

Repères bibliographiques

Bibliographie de Jerome Charyn

Romans

- *Sinbad*, Flohic, 1998.
- *La Belle ténébreuse de Biélorussie*, Gallimard, collection Folio, 1998.
- *Capitaine Kidd*, Fayard, 1998.
- *Princess Hannah*, Actes Sud, 1998.
- *Bande à part*, Gallimard, collection Folio, 1998.
- *Le Nouveau noir*, Gallimard, 2 volumes, 1997.
- *L'Homme de Montezuma*, Denoël, 1997.
- *Isaac le mystérieux*, Gallimard, 1997.
- *La Paresse*, Textuel, 1996.
- *Les Filles de Maria*, Gallimard, collection Folio, 1996.
- *Marilyn la dingue*, Gallimard, 1996.
- *Il était une fois Droshky*, Denoël, 1996.
- *Le Geek de New-York*, Gallimard, collection Folio, 1995.
- *Elseneur*, Gallimard, 1994.
- *New-York*, Gallimard, 1994.
- *Un bon flic*, Gallimard, collection Folio, 1993.
- *Frog*, Le Livre de Poche, 1990.
- *Le Nez de Pinocchio*, Stock, 1990.
- *Movieland*, Stock, 1990.
- *Cul Bleu*, 10-18, 1989.

Albums

- *Le Croc du serpent*, (avec MUNOZ Jose), Casterman, 1997.
- *Au nom de la famille*, (avec STATON Joe), Casterman, 1995.
- *Margot in Badtown*, (avec FREZZATO Massimo), Comics-USA, 1991.
- *Les Frères Adamov*, (avec LOUSTAL), Casterman, 1991.
- *Bouche du diable*, (avec BOUCQ François), 1990.
- *La Femme du magicien*, (avec BOUCQ François), Casterman, 1986.

Bibliographie de Loustal

- *Carnets de voyages 1981-1989*, Seuil, 1997.
- *Carnets de voyages 1991-1996*, Seuil, 1997.
- *Cœurs de sable*, Casterman, 1997.
- *Kid Congo*, Casterman, 1997.
- *La Couleur des rêves*, Casterman, 1994.
- *Un garçon romantique*, Casterman, 1994.
- *Sous la lumière froide*, (texte de Pierre MAC ORLAN), Futuropolis, 1992.
- *Les Frères Adamov*, (texte de CHARYN Jerome), Casterman, 1991.
- *Mémoires avec Dames*, (de Morel COX, en collaboration avec FROMENTAL), Albin Michel, 1989.
- *Lumières du jour*, Les Humanoïdes associés, 1988.
- *Barney et la note bleue*, Casterman, 1987.

Mille et une nuits propose des chefs-d'œuvre pour le temps d'une attente, d'un voyage, d'une insomnie…

Dernières parutions

La Petite Collection. 184. Aziz CHOUAKI, *Les Oranges.* 185. ÉPICURE, *Lettre sur l'univers.* 186. Franz KAFKA, *Le Terrier.* 187. Arthur CONAN DOYLE, *Le Visage jaune.* 188. François VILLON, *Ballades en argot homosexuel.* 189. VOLTAIRE, *Candide ou l'optimisme.* 190. Nicolas GOGOL, *Le Nez.* 191. Arthur SCHOPENHAUER, *L'Art d'avoir toujours raison.* 192. CASANOVA, *Le Duel.* 193. Gustave FLAUBERT, *Mémoires d'un fou.* 194. Jonathan SWIFT, *Instructions aux domestiques.* 195. OVIDE, *L'Art d'aimer.* 196. BOSSUET, *Sermon sur l'ambition.* 197. Vladimir MAÏAKOVSKI, *Un nuage en pantalon.* 198. Karl KRAUS, *Aphorismes.* 199. *La Genèse.* 201 CYRANO DE BERGERAC, *L'Autre Monde ou les États et Empires de la lune.* 202. Marcel PROUST, *Les Plaisirs et les Jours.* 203. Virginia WOOLF, *À John Lehmann. Lettre à un jeune poète.* 204. Rudyard KIPLING, *Tu seras un homme, mon fils* suivi de *Lettres de guerre à son fils.* 205. Anthony BURGESS/Isaac Bashevis SINGER, *Rencontre au sommet.* Coédition ARTE Éditions. 206. John LOCKE, *Lettre sur la tolérance.* 207. Charles BAUDELAIRE, *Les Paradis artificiels.* 208.Viktor PELEVINE, *Omon Ra.* 209. Camillo BOITO, *Senso.* 210. Georges SIMENON, *Police secours ou Les Nouveaux Mystères de Paris.* 211. NOSTRADAMUS, *Les Prophéties.* 212. Vincent VAN GOGH, *Dernières Lettres.* 213. Raymond RADIGUET, *Le Diable au corps.* 214. Fiodor DOSTOÏEVSKI, *Le Joueur.* 215. LUXUN, *Tempête dans une tasse de thé.* 216. Jerome CHARYN/LOUSTAL, *Une romance.* 217. Paul GAUGUIN, *Noa Noa.* 218. Alexis de TOCQUEVILLE, *Quinze jours dans le désert américain.* 219. Henri LAPORTE, *Journal d'un poilu.* 220. Honoré de BALZAC, *La Fille aux yeux d'or.* 221. Paul RICŒUR/Jeffrey BARASH, *La civilisation de l'oubli.*

Les Petits Libres. 15. Pierre-André TAGUIEFF, *La Couleur et le sang. Doctrines racistes à la française.* 16. Gérard GUICHETEAU, *Papon Maurice ou la continuité de l'État.* 17. Guy KONOPNICKI, *Manuel de survie au Front.* 18. Marc PERELMAN, *Le Stade barbare. La Fureur du spectacle sportif.* 19. Toni NEGRI. *Exil.* 20. François DE BERNARD, *L'Emblème démocratique.* 21. Valerie SOLANAS, *SCUM Manifesto.* 22. Shigenobu GONZALVEZ, *Guy Debord ou la beauté du négatif.* 23. Serge MOATI/Ruth ZYLBERMAN, *Le Septième Jour d'Israël… Un kibboutz en Galilée.* Coédition ARTE Éditions. 24. Georges BENSOUSSAN, *Auschwitz en héritage? D'un bon usage de la mémoire.*

Pour chaque titre, le texte intégral, une postface, la vie de l'auteur et une bibliographie.

Éditions Mille et une nuits 94, rue Lafayette 75010 Paris.
e-mail : info@1001nuits.com

Achevé d'imprimer en septembre 1998,
sur papier recyclé Ricarta-Pigna par G. Canale & C. SpA (Turin, Italie).